O Sorriso de Serapião

Do Autor:

Os Infantes de Dezembro

A Ilha de Sagitário

Amanhã Eu Vou Dançar

Antonio Calloni

O Sorriso de Serapião

[e outras gargalhadas]

BERTRAND BRASIL

Capa: Silvana Mattievich

Editoração: DFL

2005
Impresso no Brasil
Printed in Brazil

CIP-Brasil. Catalogação-na-fonte
Sindicato Nacional dos Editores de Livros, RJ

C162s Calloni, Antonio, 1961-
O sorriso de Serapião: (e outras gargalhadas)/Antonio Calloni. Rio de Janeiro: Bertrand Brasil, 2005.
112p.

ISBN 85-286-1132-9

1. Conto brasileiro. I. Título.

05-1793
CDD – 869.93
CDU – 821.134.3(81)-3

EDITORA BERTRAND BRASIL LTDA.
Rua Argentina, 171 — 1º andar — São Cristóvão
20921-380 — Rio de Janeiro — RJ
Tel.: (0xx21) 2585-2070 — Fax: (0xx21) 2585-2087

Para meus pais, Laura Gianneschi Calloni
e Ennio Pietro Calloni.
Para Pedro, meu filho. Para Ilse, minha mulher.

Sumário

Sumário

O “grotesco familiar” nos contos de Calloni

(*Prefácio escrito na areia*)

Marília Librandi Rocha*

O que resta do pensamento sem ar quando uma onda gigante envolve o corpo, o pensamento por um fio, a vida por um triz? O que resta do pensamento, quando o pensar já virou névoa e espuma? Para o escritor Antonio Calloni, resta a “insistência da escrita”, “as pequenas palavras como microorganismos para alimentar os peixes”; os desejos por vir: “À beira da morte, no fundo do mar, quase entendi a Macabéa e seu gosto por parafusos, quase... é que pertenço à palavra *homem*.”

Escrevendo seus contos com ossos na areia, podemos ler *O Sorriso de Serapião (e outras gargalhadas)* como livro encontrado na praia, ou, antes, como livro escrito por quem está vendo o mundo de dentro da onda, no olho do furacão, e que, por isso, produz um “pensar líquido”, escrito em “palavras de carne e osso”, pois que renasce das ondas.

---

* Doutora em Teoria Literária e Literatura Comparada pela USP. Professora da Universidade Estadual do Sudoeste da Bahia, UESB.

Ao lado do livro de poemas, *Os Infantes de Dezembro* (Bertrand Brasil, 1999), do livro de contos, *A Ilha de Sagitário* (Bertrand Brasil, 2000), e da novela de amor, *Amanhã Eu Vou Dançar* (Bertrand Brasil, 2002), os contos de *O Sorriso de Serapião (e outras gargalhadas)*, de Antonio Calloni, compõem um primeiro quadrante de livros. Neles, sua escrita se exercita pelos diferentes gêneros, mantendo um mesmo tônus ou um mesmo tom, que aqui qualificamos e definimos como "grotesco familiar". Paradoxal, portanto, porque o grotesco instaura um universo estranho, próximo do incrível, do fantástico, do maravilhoso, do fantasioso, em oposição ao mundo familiar cotidiano. Pensamos, porém, junto com o autor, que se trata disso mesmo: *de realizar o paradoxo, não como idéia, mas como coisa sólida,* como vem expresso no conto que encerra o livro, "Relatório Escrito de Dentro de Uma Onda", e que nos serve aqui de guia de abertura.

O "grotesco familiar" nos contos de Calloni caracteriza-se por uma imaginação potente que vê, no cotidiano humano, harpias e sereias, faunos e porcos, e que se regala na força dos prazeres terrenos povoados de fantástico. É essa mescla de baixo e alto, realismo e fantástico que configura, de modo especial e específico, singular e plural, a escrita desses textos. E é nesse viés do "grotesco familiar" que o escritor Antonio se une ao ator Calloni: na cena de uma escrita que tem como emblema a máscara cômica. "Como o senhor pode ver, os disfarces, as máscaras, as dissimulações são inúmeras e precisas", diz o narrador do conto "A Guerrilha", o mesmo que afirma de si: "Posso ser alegórica, simbólica, apostólica, infantil... posso escrever sempre as mesmas coisas... posso tentar o mistério estúpido, a charada banal, a caricatura..."

Como se sabe, na *Poética,* Aristóteles distingue duas espécies de cômico — o que faz rir sem dor, na inocência do ridículo, e o que faz rir doendo, na maledicência da sátira: o arco que vai do conto "O Sorriso de Serapião", que abre o livro, chega até "A Gargalhada de Ariosto" e prossegue até o fim, estaria entre essas duas esferas, como textos que causam riso e assombro; por isso, uma espécie de grotesco que, ao aparecer na dimensão cotidiana, sugere que o diferente mora ao lado.

Assim, aproveitamos o que diz Mikhail Bakhtin sobre o "realismo grotesco", característico do mundo representado na obra de Rabelais (muito longe, portanto, do nosso): "O traço marcante do realismo grotesco", diz ele, "é o *rebaixamento,* isto é, a transferência ao plano material e corporal, o da terra e do corpo na sua indissolúvel unidade, de tudo que é elevado, ideal, abstrato." E continua: "O 'alto' e o 'baixo' possuem aí um sentido absoluta e rigorosamente *topográfico.* O 'alto' é o céu; o 'baixo' é a terra; a terra é o princípio de absorção (o túmulo, o ventre) e, ao mesmo tempo, de nascimento e ressurreição (o seio materno)" (M. Bakhtin, *A cultura popular na Idade Média e no Renascimento,* Hucitec, 1987:17, 18).

Destroços desse "realismo grotesco" são encontrados nos contos de Calloni, o que nos leva a ressaltar a recorrência de um mesmo imaginário. Propomos assim assinalar a correspondência entre características do grotesco e a sua presença nos contos, em alguns de modo mais dominante, em outros, menos. Por exemplo, a imagem da terra como túmulo e fecundação aparece no conto "A Gargalhada de Ariosto (conto abortado pela alegria)", na seguinte passagem: "Ariosto cospe sangue pela boca. O sangue domina seus poros, seus olhos, seus buracos, e fecunda a terra, a moradia imunda dos malditos vermes que já começaram seu pútrido banquete nos olhos de Eulália. Ariosto, todo ensangüentado, treme e gargalha para a morte, para ir ao encontro da amada, ao som de *Carmina Burana* (...)."

O grotesco, ressalta ainda Bakhtin, liga-se a uma "percepção carnavalesca do mundo" e produz um "riso ambivalente" devido a esse misto de destruição e regeneração. Sancho Pança, por exemplo, é "descendente direto de antigos demônios pançudos de fecundidade" (Bakhtin, 1987:19), mas é também quem acompanha o Cavaleiro da Triste Figura, o qual tem lugar no livro de Calloni através do personagem que se paramenta de Dom Quixote em Veneza.

Em vez do alto espiritual, o sistema de imagens do grotesco é o do baixo corporal. O grotesco pode cheirar a "um perfumado amor fecal" — como diz o narrador do conto "Vá à Merda!" (Dom Quixote em Veneza), do livro de Calloni — e a tudo que se relaciona com comida, sexo, bebida e muita bestice (a grande galeria dos tolos e bobos), deformidades e exagero; e também a tudo que escapa ao bom senso, comedido e asséptico; e a tudo que sai (ou entra) pelos orifícios humanos. Não por acaso, aliás, em alguns dos contos de Calloni há personagens ávidos por uma boa assepsia, querendo a limpeza a todo custo, talvez para afastar o que há de impuro no mundo das coisas — como em "Joaquim e Manú (os soldados da higiene)" e no conto "José e Anume", no qual a "Irmandade dos Porcos Contentes" tem como lema "Limpeza, Justiça e Verdade".

O grotesco também elimina certas regras e tabus linguajares, criando um texto sem meias palavras. A presença do sonho ou pesadelo em quase todas estas histórias pode ser lida como sinal do transporte a uma outra hiper-realidade marcada pela deformação. Além disso, há charadas ou adivinhações cifradas nos nomes dos personagens a serem descobertas pelo leitor: Mané Maravalha; Mario Feliciano Jardim; José Mojica M. Erasmodeo da Silva; Ericjan, Ariosto e Eulália.

E ainda: "A imagem grotesca caracteriza um fenômeno em estado de transformação, de metamorfose ainda incompleta, no estágio da morte e do nascimento, do crescimento e da evolução" (Bakhtin, 1987:21). As transformações e metamorfoses são fartas nas doze narrativas. Assim, Serapião, herói do conto homônimo, literalmente é homem-bicho, lobo e homem. Assim, o Joaquim, criança-espantalho, menino-que-vira-menina-que-vira-menino. Assim Amaralina, Manú e Anume, mulheres-crianças-irmãs gêmeas tão estranhas na sua santa feitiçaria maldita; ou os homens da Irmandade dos Porcos Contentes aos quais se contrapõe o "homem objetivo" metódico-maníaco. Essa galeria de personagens compõe um quadro fantástico imagético que se mescla ao mais comum cotidiano.

O grotesco, como escreveu F. Schlegel, seria a "forma mais antiga da imaginação humana" (*apud* Bakhtin, 1987:36), e é uma definição romântica do grotesco que elegemos para definir aquele que surge nos contos de Calloni: "o grotesco é o cômico no seu aspecto maravilhoso, é o 'cômico mitológico'" (Bakhtin, 1987:39). É também o mundo infantil no que há nele de perverso, puro, cruel, arcaico, e que aparece neste livro: "fazendo o mundo girar com um tempo comandado pela infância".

E o livro começa com o sorriso sem dentes de Serapião, o protagonista do conto "O Sorriso de Serapião". Na descrição do personagem já surge a minúcia bizarra: "Os únicos pêlos que possuía, abundantes e escuros, saíam-lhe pelas pequeníssimas orelhas, dando-lhe a aparência de um jardim bizarro; a moradia do lobisomem, segundo a lenda materna." A mescla de reza e blasfêmia é outra característica do grotesco: "Seja feita a vossa vontade... todo o ódio do mundo seria encarnado nos olhos da fera... seja feita a vossa vontade... a nojenta geme todo o som do nojo... seja feita a vossa vontade... a hiena não suporta mais o tamanho de qualquer tempo, despeja sua alma com um jato de vômito..."

De repente, nesse mesmo conto, surge, terrível, o abominável, numa luta que degenera em ritual antropofágico: sangue e tripas na boca sem dentes, mas sempre sorrindo de Serapião. Grotesco. Imediatamente após, o texto salta do abominável e cai em plena Avenida Paulista. Familiar.

Serapião, nome comum impróprio ou nome próprio incomum, é da família de Macabéa. O *Grand Cherokee* que aparece na Avenida Paulista sugere uma versão atualizada do *Mercedes* amarelo que atropela a personagem de *A Hora da Estrela,* de Clarice Lispector. Como ela, também Serapião é a representação de uma personagem despossuída de atributos plenos e que antes atua no vazio, pois seu traço significante é a insignificância na economia geral das trocas, e seu significado escapa e foge como o não-senso do sentido: "Serapião não era nada." Aqui também, como no livro de Clarice, o escritor entra no conto como o "eu" do narrador que vai escrevê-lo, e essas zonas se confundem: o olhar daquele que escreve e o personagem de seu texto, que configura muitos outros personagens semelhantes que vemos nas ruas das grandes cidades — e dessemelhante, pois que subitamente o maravilhoso percorre os contos de Calloni, surpreendendo com o inédito de suas soluções, que escapam e fogem ao *status quo* da narrativa esperada pelo leitor. Fugindo dessa expectativa, seus textos capturam.

Em alguns dos outros contos mesclam-se o mal-estar contemporâneo e visões de um tempo passado: "Ele come um pecaminoso Big Mac e sente o gosto do javali. Olha uma loja de roupas e vê as praças da Roma antiga. Conversa com gladiadores que vendem relógios e vê leões saindo do banheiro das mulheres" (em "A Trajetória"). Percurso pós-moderno, pós-utópico na sua temporalidade mesclada no imaginário do personagem.

Em "Uma Guerrilha" o grotesco se aproxima do sinistro contemporâneo, numa reatualização de "rituais de execução medieval", predominando "a vulgaridade, o patético, o escárnio" e o riso que mata. Narra-se a formação de um exército. De soldados? De lobos? E o mundo lá fora dentro da TV e suas imagens da guerra real assinalam: "Estávamos todos na mesma época, sintonizados em comunhão."

No meio de um terror tornado cotidiano e que chega pela tela do aparelho eletrodoméstico, "Um Bilhete para Mary" surge solto como singela carta de amor que aquieta o "monstro inábil".

"Peguei um osso de morte e comecei a escrever na areia uma história ínfima, de importância nenhuma, e que me levaria a lugar nenhum." "Nenhum, nenhures" — tópica de grande tradição na literatura do século XX. Em Calloni perpassa esse sopro, aliado ao humor do riso solto que muitas vezes aparece como modo sutil de enganar o leitor ou driblá-lo, pois que não há de fato, ou melhor, de ficção, essa gargalhada anunciada no subtítulo; antes o riso aparece como meio eficaz de ocultar ou auscultar uma dor. É a esse lugar *ambivalente,* que mescla bizarria e cotidianeidade, que os contos do autor conduzem — alguns com maior maestria no difícil equilíbrio entre grotesco e familiar, outros pendendo mais para um ou outro lado.

E é assim que o corpo inserido no grotesco é também o corpo engolido por uma onda, no conto que encerra o livro, como uma espécie de ápice e desfalecimento. Nele, "metamorfoses marítimas" falam da experiência radical sem metáfora ou símbolo a assombrar "um eu minúsculo [que] lutava envolto por tonelada assustadora".

Os últimos instantes de uma vida; os últimos momentos de um livro. O nascimento de um outro. Se essa nossa pista de leitura estiver certa, o "grotesco familiar" nos contos de Calloni pode ser um bom *começo* para a aventura marítima do leitor, agora que a próxima onda está chegando para apagar esse prefácio escrito na areia e já prestes a virar névoa e espuma.

O Sorriso de Serapião

Serapião não era nada, mas era feliz.

Trinta anos. Virgem.

Cabeça chata e um sorriso furado pela ausência de dois dentes superiores. Sorriso em preto e branco, janela para algum lugar vazio e feliz. Olhos esbugalhados no meio de uma cara entalhada pela falta d'água, pela fé, pela ignorância, pela pobreza, pela faca, pela cachaça, pela briga, pela honra. E pelo sol. Bocarra de garoupa grande. Sem pêlos no corpo. Cabelo bem curto, dividido da esquerda para a direita, e sempre com uma generosa quantidade de goma. Penteada, a cabeça se apresentava como um casco negro, vulgarmente perfumado. Os únicos pêlos que possuía, abundantes e escuros, saíam-lhe pelas pequeníssimas orelhas, dando-lhe a aparência de um jardim bizarro; a moradia do lobisomem, segundo a lenda materna. Olhos pretos e firmes. Serapião. Tinha rigidez nos músculos e textura de carne-de-sol. Carne seca, e uma alma encouraçada com um corpo de um metro e cinqüenta e oito; decorado com muito osso, pouca gordura e felicidade não localizada — efeito do sol. Resistente. Serapião. Homem crescido em lugar marrom, gigantesco, quente. Na terra da infância de Serapião o horizonte era parente. Horizonte. Longe. Santo. Sem canto. Deus. Acreditava em santos porque fora educado para acreditar. Seu pai falava-lhe muito sobre a fé e sobre a reza. Era homem de pouco sorriso para a vida, o pai. "Eu rezo, mas não chove, meu filho, é obrigação rezar mais." E rezavam juntos, os três, Serapião, José e Maria. Mas o horizonte dizia não, permanecendo gigante com sua vaidade azul e com a majestade telúrica do seu marrom. "Azul, só lá em cima, meu filho, que sina. Só o que vale nessa vida é Deus. José."

Vacas morriam, Serapião brincava com ossos. Apontava o osso para o céu na esperança criança de que o santo o visse. Mas o santo descansava na sombra, tirava soneca porque devia estar muito quente no céu também. "Santo trabalha muito e tem direito ao descanso na sombra", pensava Serapião, enquanto via apenas o branco do osso e o azul do céu.

Retomava a brincadeira. Desenhava, com o osso na terra, um homem e uma mulher de mãos dadas, Serapião e Amaralina — com uma criança alada, voando sobre suas cabeças. A criança do vento. Olhava o desenho e ficava triste, o Serapião. O de brinquedo nenhum. O de três roupas. Terno, só para missa na capelinha caprichada, de alvenaria. No dia-a-dia, camiseta e calção para ajudar o pai na roça imaginária, poucas vezes real. Na terra da infância de Serapião, o sol era responsável pelo sonho, e a chuva, por alguma vida.

Serapião guardava dois fascínios: a aliança de ouro dos pais e o sol. Era capaz de passar horas fitando a aliança no dedo seco da mãe enquanto ela lhe contava estórias para dormir. A mulher — que tinha um ódio secreto de Deus — contava-lhe estórias para dormir. Fingia acreditar em coisas divinas só para sentir ódio porque não sabia ao certo se Deus existia ou não. "Onde é que está a água do meu filho, desgraçado?!" Pensava isso, olhando para o céu, e não chorava para não enfraquecer. Maria. Gostava das superstições, das estórias, das lendas. E sentia um amor gigante por aquele menino de barriga imensa, joelhos ossudos e costelas à mostra. Possuía um coração de toda mãe. Oceano. Contava estórias para dormir. Serapião fitava a sua aliança.

— Você gosta, não é, meu filho? Isso aqui é um pedaço do sol. É amor. Não pode perder, não pode comprar duas vezes, não pode tirar nunca. Você vai comprar uma pra tua mulher. Tem que guardar bem até o dia do casamento. Não pode perder, não pode comprar outra, senão o diabo mata a gente. O diabo existe, meu filho.

— Estou com sono, mãe. Vamos rezar?

— A gente já rezou com o seu pai.

— Quero rezar de novo.

— Reza sozinho, filho, eu vou dormir.

A mãe acariciou a testa de Serapião com os lábios, e o escuro não permitiu que ela visse a lágrima do menino. Serapião era só tristeza e sonho. — Em nome do Pai, do Filho, do Espírito Santo...

O dia seguinte amanheceu com fúria no sol.

— Descansa, meu filho, hoje teu pai vai sozinho pra lida.

E o pequeno Serapião rezou, enquanto sua mãe tomava um gole de café; enquanto sua mãe comia um pedaço de pão — feito uma hiena. Serapião rezou ali mesmo, aos pés da mesa da pequena cozinha de pau-a-pique. — Pai nosso que estás no céu... — a fêmea sorria, sentia fome, sentia sede, sentia um único amor: pelo filhote... — santificado seja o vosso nome... — a hiena trinca os dentes, rosna por dentro... a besta faz tudo em gestos pequenos... — venha a nós o vosso reino... — o tempo é ontem, é hoje, é amanhã, já foi, é já, vai chegar... os pêlos do bicho se eriçam, sente engulhos, e se contorce como se endemoninhada estivesse... — seja feita a vossa vontade... — todo o ódio do mundo seria encarnado nos olhos da fera... — seja feita a vossa vontade... — a carniceira geme todo o som do nojo... — seja feita a vossa vontade... — a hiena não suporta mais o tamanho de qualquer tempo, despeja sua alma com um jato de vômito... a vida espera por alguns segundos, atolada no silêncio.

— A senhora não está bem, minha mãe?

— Não foi nada, filhote, não se preocupa comigo, não. Vai lá fora brincar, vai. Deve ser o calor, aqui dentro é muito quente. O sol está tão bonito. Vem cá, deixa eu te dar um beijo.

A mãe quis aliviar seu ódio. Quis aliviar a tristeza de Serapião com uma brincadeira.

— Eu acho que eu vi a perninha do lobisomem saindo pela tua orelha.

Riram e beijaram-se outra vez.

— Vai brincar lá fora, vai.

— Tem um pouco de farinha ainda, quando você voltar pode comer.

Serapião saiu e a mãe não chorou para não enfraquecer.

Era meio-dia e o calor gritava junto às gargalhadas do sol.

O pequeno, como sempre — encantado com a bola de fogo —, estava parado, no meio da terra cor de terra, de olhos fechados, encarando o astro risonho.

— Tempo. Tempo. Tempo. Mesmo de olho fechado, eu posso te ver. Como é bonita a tua luz. Me dá ela de presente. Me dá Amaralina de presente, a mulher do meu sonho... — o barrigudinho estava parado há horas debaixo do sol. — Me dá ela de presente... — me dá ela de presente... — me dá ela de presente... Amaralina... — o berro de um pássaro agourou no céu... o pequeno abriu os braços em Cristo... me dá ela de presente... — um vento feminino, pequeno e castanho, arrepiou as costelas saltadas do moleque e sumiu de volta para o nada. — Maresia... dragão furta-cor... peixe... me dá ela de presente... minha cabeça está muito quente, meu Deus... me dá um beijo de presente, faz carinho na minha cabeça, meu Deus. Chora um pouquinho só — pra minha mãe, pro meu pai...

A sinfonia amarela do sol vibrou por todo o corpo do menino e foi-se embora. Suas costas magras encontraram a terra marrom, e ali, no começo do escuro, ele ficou desacordado. Serapião.

— Fica deitado aí, meu filho, eu já fiz a mistura. Não se preocupa, eu usei muita fala antiga. Você vai ficar bom.

Serapião tremia de febre, não conseguia ficar parado na rede.

— O que aconteceu, mãe? Cadê o pai?

— Está rezando, meu filho.

— O que aconteceu, mãe? Mãe, quando eu crescer, eu vou casar com a Amaralina. Vou comprar aliança pra ela. Eu já te falei da Amaralina, minha mãe? Ela tem um vestido azul. Eu já te falei da Amaralina, mãe?

— Você sempre fala nela, meu filho, desde quando você começou a falar. Parece até sina. Fica calmo, meu filho.

— Cadê o pai, mãe? O que é que eu faço, mãe?

— Respira, meu filho, é só o que a gente pode fazer.

— Me diz o que aconteceu, mãe.

— Aconteceu que o sol queimou metade do teu pensamento, a metade triste. De agora em diante, meu filho, você só pode ser feliz.

Serapião abriu um sorriso do tamanho de toda a Terra. Branco. Olharam-se com o mesmo olho da quietude. E sua mãe chorou, chorou muito, para se enfraquecer, para virar uma água de puro amor.

Antes de dormir, Serapião viu seu pai parado na porta do quarto com um terço na mão, dando um pouco de sorriso. O menino olhou uma foto na parede, em moldura oval, retocada à tinta — Maria, José e Serapião. Dormiu. Sessenta dias entre a vida e a morte. Reza do pai. Feitiço da mãe. Serapião dormiu.

E sonhou que estava trabalhando na construção de um prédio na cidade grande. Sonhou que conheceu Amaralina e comprou aliança. Sonhou com a morte dos pais. Morte por obrigação. Sonhou que seu sorriso nunca mais lhe abandonaria o rosto. Acordou. Fez o sinal-da-cruz e proferiu algumas palavras secretas ensinadas pela mãe. Saiu do beliche de madeira e se espreguiçou enquanto seus companheiros — que lotavam o alojamento feito de compensado — começavam a acordar também. Era dia de concretar mais uma laje. Mais um dia duro de trabalho na construção de um prédio de trinta e três andares. Servente de pedreiro. Serapião. Não era nada, mas era feliz — por feitura do sol. Trinta anos. Virgem.

— Você já acorda rindo — disse Toinho, o único desafeto de Serapião. Toinho era homem vindo de algum norte, com cara e cor de índio. Um e oitenta de altura, e forte como uma besta mítica.

— Eu estou feliz. Hoje eu vou no baile e vou conhecer Amaralina. Vou comprar aliança e vou casar com ela. Na igreja.

Todos riram.

Seus colegas de trabalho o tinham como abestalhado por causa do seu permanente sorriso e por causa das estórias sobre o sol e sobre o lobisomem que habitava a sua orelha peluda.

— O sol queimou a tua mufa toda. Não foi só a metade, não — disse um irritado Toinho.

Serapião nem ligava, sorria mais largo ainda. Com um saco de cimento nas costas, cantarolava músicas que sua mãe lhe havia ensinado. Obra. Cimento, água, mistura, ferros de bitola larga, tijolos, enxadas, capacetes amarelos, pequenas marretas, níveis, pequenas pás, elevadores, pedreiros, mestres-de-obras, e a laje a ser concretada. Serviço feito, Serapião olhava para o sol e mandava beijo pra ele. Na hora do almoço, a quentinha devorada entre os tijolos. Arroz, feijão, ovo e farinha. Serapião era o único que rezava antes de almoçar — uma reza alta. Os companheiros debochavam. "Você ainda vai acabar virando padre", dizia um debochado Toinho. Serapião nem ligava, rezava mais alto ainda.

"Sexta-feira, dia de baile. É dia de encontrar a Amaralina do meu sonho, e dançar com ela, e dar beijo na mão dela", pensava o feliz Serapião. De banho tomado e muita goma no cabelo, o homem se engravatou e colocou seu único terno para ir ao baile.

— Vai na missa ou vai no baile? — perguntou Toinho.

— Vou encontrar o meu amor.

E foi. Foi, com seu perfume vulgar, com sua bocarra sorridente, com o seu sonho, com Deus e com o demônio. Em pé, no ônibus, o cuidado para não amassar a roupa, e a extrema gentileza para com todos os estranhos que lotavam o coletivo. "Com licença." "Muito obrigado." "Fica com Deus." Recebia de volta olhares estranhos. A resposta de Serapião era seu eterno sorriso.

Desceu do ônibus e começou a caminhar, como um noivo, em direção ao salão, com um extremo cuidado para não sujar seus sapatos na rua de terra. Adentrou o salão Rainha do Mar como se estivesse ouvindo a marcha nupcial, e chegou a ficar emocionado. No lugar do cantor, imaginou um padre paramentado e cerimonioso. E imaginou Amaralina — sobre o pequeno e pobre palco — no altar. Escolheu uma mesa, sentou-se e pediu uma cachaça.

— Não sabia que santo bebia — falou em voz alta Toinho, que estava sentado em outra mesa com vários colegas da obra.

— Cachaça limpa o sangue, e em sangue limpo o diabo não entra — retrucou Serapião, lembrando-se das palavras maternas.

O Rainha do Mar funcionava pobre, sereno e alegre. Músicas ritmadas a batuque de zabumba formavam, com o violão, com a sanfona e com os pífaros, um ambiente de pura saudade, alegria, dor e raiva. Um deus antigo saboreava o açúcar em doce duro (tomando cuidado para não quebrar os dentes). "Amaralina já vai chegar", pensava Serapião, "ela vem com um vestido azul, com flores brancas. O cabelo dela é preto, dividido do lado, igual ao meu. O cabelo dela tem goma também, só que o dela é bem comprido. A trança dela vai até a cintura. É bem morena, a minha Amaralina. Eu sei, eu vi no sonho."

Alguma hora se passou. Serapião permanecia sentado à mesa, com os olhos fixos na porta de entrada do Rainha do Mar. Seis cachaças alegravam ainda mais a metade feliz dos seus miolos. E foi ao final da sexta cachaça que seu sonho começou a tomar forma. Os olhos negros de Serapião fabricaram toda luz, e seu sorriso aumentou a ausência dos dois dentes superiores, formando um portal negro, inocente e amoroso. Fez o sinal-da-cruz. "Abençoado seja Nosso Senhor Jesus Cristo." Na porta de sua boca: o amor. Na porta do Rainha do Mar: Amaralina, a mulher real e sonhada. Gordota e sem cintura. Um metro e cinqüenta. Vestido azul com flores brancas, e um perfume familiar que lhe saía por entre os cabelos generosamente engomados. Com um jeito tímido e um olhar para baixo — um pouco abaixo de qualquer horizonte —, Amaralina ficou por algum tempo parada na entrada do Rainha do Mar, emoldurada pela porta. Parecia pintura *naïf.* Amaralina, a mulher do sonho eterno. Do sonho de criança. Do sonho de adulto. Serapião acompanhou, com olhos de muito brilho, a mulher que caminhou vagarosamente para uma mesa vazia. Sentou-se na cadeira de ferro e fórmica, ajeitou o vestido azul com delicadeza de moça e permaneceu sentada, com as mãos sobrepostas sobre a coxa — olhando um pouco abaixo do horizonte.

— Moço, mais duas cachaças. Uma pra mim e outra para Amaralina, por obséquio.

Serapião — garboso como um príncipe — foi caminhando em direção a Amaralina, carregando o líquido que, em suas mãos, tomava cores de vinho consagrado.

— A senhorita toma cachaça?

— Tomo, sim senhor — disse isso, sem tirar os olhos dos joelhos de Serapião.

— Por obséquio, posso me sentar aqui com a senhorita?

— Pode, sim senhor.

Serapião sentou-se à mesa, frente a frente com Amaralina, que continuava a evitar o norte do horizonte.

— Amaralina... que nome bonito — disse Serapião, deixando escapar um leve sorriso ao final da frase. A mulher sorriu junto, tímida. Seus olhos baixos alçaram um pequeno vôo e encontraram, acima do horizonte, os olhos, também pretos, de Serapião. Uma surpresa em tom pastel colocou uma pequena luz nos dentes perfeitos de Amaralina.

— O senhor sabe meu nome...

— Eu sonhei com a senhorita. Amaralina...

— É coisa de adivinhação. — Amaralina sorriu mais largo, sentiu vergonha e cobriu sua linda boca com a mão.

— É coisa da minha mãe.

— O senhor é muito educado.

— É coisa do meu pai.

— Qual é o nome do senhor?

— Serapião.

Silêncio. Olhares. Respiração suave. Eventualmente, algum pequeno suspiro de Amaralina. Pelos ares, a zabumba e os pífaros. Brinde com cachaça. Uma mistura de lugares e temperaturas. O amor começava a evitar fronteiras, espaços e mundo — fabricava uma pintura nova. Areia colorida, em pequenas garrafas de vidro, desenhava cenas de casamento. Serapião. Amaralina.

... Depois de muita cachaça com silêncio...

— Você quer dançar comigo, Amaralina?

— Quero.

O pífaro lamentava triste e lento enquanto a zabumba dormia. A sanfona bailava os dois. Colados na temperatura da memória, Serapião e Amaralina namoravam. Namoravam. Dançavam. Namoravam. Serapião. Amaralina. O lobisomem de Serapião farejou o cio da loba. Serapião, que não era nada, mas era feliz — por efeito do sol. Trinta anos. Virgem. Um uivo interno fez o sexo de Serapião inchar; Amaralina gostou e grudou mais em Serapião. A mulher que não era nada, mas era mulher. E que tinha trinta anos, e era virgem. Sorriu e gemeu com seus dentes milagrosamente perfeitos e brancos — efeito dos mares. Mulher. Amaralina: metade ventre, metade lábios. Beijo.

— Você não é homem, Serapião, você é um jegue. Coisa boa, meu preto. — A cachaça bulia com a Amaralina abissal. A cachaça bulia com o Serapião do precipício. Novas pessoas dançavam e exalavam um cheiro forte de hormônio. Pessoas do beijo de língua e da mão na bunda.

— Você é muito gostosa, minha preta. — Pessoas descompensadas. Trinta anos. Virgens. Outro beijo, mais calmo, de amor.

A zabumba acordou com todo o sol, o pífaro correu, e o Rainha do Mar virou rebuliço de gente dançando animada e estridente. Serapião viu o olho feliz de Amaralina e gargalhou. Gargalhou, gargalhou, gargalhou... e começou a gritar pelo salão: — Eu vou casar com Amaralina! — E Amaralina: — Eu também vou casar com o meu jeguinho! — Amaralina cobriu o rosto embriagado com as mãos enquanto chacoalhava de tanto rir. Vergonha. Alegria. O Rainha do Mar gargalhava e a música era frenética em todo o coração. Gargalhadas.

— Pára de rir, Serapião, demônio dos inferno!!! — O urro de Toinho calou os músicos. A zabumba morreu junto com os seus companheiros de fuzarca, e a dança parou. As pessoas ficaram paralisadas. Um silêncio de toda morte colocou um feitiço negro no Rainha do Mar. Pavor. Toinho estava com uma faca na mão. Amaralina, apavorada, deixou Serapião no centro da grande roda. No centro da arena, apenas Toinho e Serapião — com seu grande sorriso. O mundo tornou-se mudo, e a tensão era gigante. As pessoas na roda aguardavam o início de qualquer morte.

— Eu já te disse pra parar de rir, demônio dos inferno. — A voz de Toinho saiu abafada, quase inaudível.

— Não posso. Minha mãe disse que era pra eu ser feliz. Meu pai disse pra acreditar em Deus. Meu sonho disse que eu vou casar com Amaralina.

Toinho foi para cima de Serapião, raspou-lhe o rosto com a faca, e, em seguida, deu alguns passos para trás, retomando a sua antiga posição. As pessoas da roda soltaram um ruído de tensão. Olhos arregalados. O rosto de Serapião sangrava um pouco, mas ele permanecia parado — sorrindo. Toinho sorria também. As pessoas da roda mal respiravam.

— Eu já disse pra você parar de rir. Se você não parar, eu te mato.

— Não faz isso, moço, pelo amor de Deus! — gritou Amaralina, que tinha as mãos em posição de reza.

— Eu mato você também, sua puta!

— Você não vai matar a minha Amaralina, Toinho. Você já está morto — disse Serapião, com variação estranha no seu sorriso.

Os olhos de Toinho e Serapião aumentavam a tensão. Um tambor inaudível e lúgubre dava formato ao silêncio. Toinho tentou avançar, mas uma força misteriosa fez com que sua mão armada fosse ao encontro do próprio pescoço. Toinho começou a dilacerar suas carnes com uma violência das cavernas. O bárbaro urrava de dor, as pessoas cobriam os olhos, a paralisia reinava na roda e o sangue se espalhava em jatos escuros por todo o Rainha do Mar. O algoz de Serapião se contorceu no chão, ganiu como um cachorro, e morreu.

— Foi o meu lobisomem que fez isso.

— Não diz isso, Serapião. Todo mundo aqui vai achar que você não bate bem. Vamos embora daqui, gente — gritou um dos colegas da obra.

— Se alguém duvida, então olha só. — Serapião abriu a bocarra e aumentou seu sorriso. Para espanto geral, todos puderam ver sua grande boca cheia de sangue e tripas. — Essa carne não é minha, é do meu lobisomem. Ele já está satisfeito. — Serapião começou a cuspir os pedaços de tripa que ainda restavam na sua boca. Todos correram horrorizados. No Rainha do Mar, apenas Serapião e uma atônita Amaralina, que havia deixado seu corpo abandonado numa cadeira. A mulher não apresentava reação. Seu único movimento era causado por uma respiração profunda e ritmada. Os olhos da cafuza fitavam o nada, e o nada passeava pelo seu pensar. Depois de gargarejar com cachaça para limpar a boca, Serapião foi ter com Amaralina.

— Já passou, minha flor. Não carece ficar assim. Eu vou te levar pra casa. Amanhã vou comprar nossa aliança.

— Eu vou sozinha.

— Mas eu nem sei onde é que você mora, Amaralina.

— Nem nunca vai saber.

— Eu quero casar com você. Eu sonhei.

— Eu também queria. Gostei de você, meu preto. "Chau". — Amaralina fez um gesto autômato, "tchau", e ficou com a mão levantada enquanto saía do Rainha do Mar feito um zumbi. Nem olhou para trás.

Os ventiladores do Rainha do Mar haviam sido desligados. O calor aumentava a solidão de Serapião, e, pela primeira vez, depois de muitos anos, Serapião sentiu-se triste. Não havia zabumba, não havia pífaros, não havia sanfona e nem violão. Serapião e Toinho. Calor de infância, tristeza de infância.

— Mãe, me desculpa, mas eu estou muito triste. Pai, dá licença, eu vou rezar pela alma do Toinho. — Serapião ajoelhou-se aos pés do morto descarnado, rezou uma ave-maria, e só não chorou para não se enfraquecer. Depois da reza, o pobre foi até o balcão vazio, tomou um litro de cachaça e aproveitou para lavar o rosto com a bebida. O sangue estancou.

Com muita cachaça na cabeça, Serapião vagava solitário pela noite da cidade grande, pensando em Amaralina. Andou, andou, andou. Parou para sentar numa mureta de concreto — em plena Avenida Paulista. São Paulo, em frente ao Conjunto Nacional. E ali ficou, horas, vendo a vida. No farol vermelho, um casal se beijava dentro de um *Gran Cherokee*. Havia felicidade dentro do automóvel. "Aquela ali deve ser Amaralina", pensava Serapião. Muitas pessoas entravam no *Center Três* para assistir a um filme com Mel Gibson. A vida era potente fora da cabeça de Serapião, mas ele não cabia nela. Não cabia mais, também, na vida dos seus sonhos. Amaralina sumiu, e seus sonhos com ela. Farol verde. Amaralina foi embora naquele carrão bonito... Uma estudante, de calça *Levis*, passou rente a Serapião. — Amaralina... — chamou Serapião, com pouca voz. A Amaralina de *Levis* nem ligou. Um garoto vendia água no farol. Flanelinhas limpavam vidros, sem permissão. Casais pobres andavam de mãos dadas. Buzinas, luzes, música, lanchonetes, escritórios, grandes edifícios, e um ar pesado que insistia em penetrar pelo corpo triste de Serapião.

Eu vi, bem diante dos meus olhos, o Serapião que deveria ter tido dois filhos com Amaralina. Deveria ter saído com ela, depois do baile no Rainha do Mar. Deveria ter feito amor com ela antes do casamento. Um pecado para o pai. Um prazer para a mãe. Tudo com a bênção da cachaça. Amaralina ficaria grávida e Serapião compraria a aliança. Seria roubado. Desesperado, Serapião — que não poderia comprar outra aliança, segundo as leis maternas — cortaria o seu dedo anelar. Cortaria o dedo anelar de Amaralina, e seus filhos, um casal de gêmeos, nasceriam com seis dedos. E todos viveriam felizes para sempre. Seria esta a história de Serapião, não fosse sua desistência descabida ao ver Amaralina indo embora do Rainha do Mar. Por que Serapião não havia insistido e não tinha ido atrás dela? Por que ele não lhe havia dito que aquela história de lobisomem era brincadeira, e que os pedaços de carne que estavam em sua boca eram da sua própria bochecha esfaqueada? Continuei seguindo Serapião pelas ruas de São Paulo.

O pobre levantou-se da mureta e continuou sua caminhada, agora em direção à avenida Consolação. Passou em frente ao cinema Belas Artes, viu muitas lojas de lustres, sentiu fome ao passar pelo Sujinho (bar das putas), passou em frente ao prostíbulo da Tia Olga, fez o sinal-da-cruz quando passou ao lado do Cemitério da Consolação, avistou o Mackenzie, desceu mais um pouco, dobrou à esquerda, andou outro tanto e foi parar na Major Sertório, a boca do luxo. Chegando lá, Serapião foi ter com uma prostituta que fazia ponto numa esquina.

— Amaralina?

— Pode ser, meu gato.

— A gente estava dançando. Por que você foi embora?

Kelly percebeu logo com quem estava falando. A noite estava fraca.

— Coisas da vida, meu gato. Mas, se você quiser, a gente pode ir pra um lugar bem tranqüilo, só nós dois, e dançar a noite inteira.

Foi no hotel Le Prince. Serapião viu, pela primeira vez na vida, a nudez feminina. Amaralina. Linda. Serapião permanecia sentado na cama infestada de pulgas — com as mãos sobre os joelhos, e com a coluna ereta —, enquanto Kelly fazia uma dança sinuosa e pornográfica. O jegue acordou.

— Sua Amaralina vai tirar a sua roupinha, meu gato. — A cachaça e o jegue permitiram. Um punhado de noite, vida e coxas não foram suficientes para que Serapião retomasse o seu sorriso. O único sorriso do Le Prince era o de Kelly. — Meu Deus do céu, gato, você não é deste mundo. Que maravilha! Você é muito bom nisso. Devia virar profissional. Você não é um homem, você é um jegue!

— Você já disse isso, Amaralina.

— E o meu presente, gato?

— Amanhã eu compro a nossa aliança.

— Sei... olha, meu amor, você tem algum dinheiro aí? É o seguinte: eu tenho uma amiga que vende jóias, e ela podia me arrumar duas alianças por um precinho ótimo. Você não confia na sua Amaralina?

— Não sei se é certo...

— É certo sim, meu amor, me dá sua carteira. Se você não confiar em mim, eu não vou querer te ver nunca mais.

Serapião não sabia ao certo o que estava fazendo, mas Amaralina era o seu amor, e ele não queria perdê-la pela segunda vez. Deu-lhe a carteira. Kelly não pegou o dinheiro todo, apenas a sua parte. Parecia prostituta de novela das oito. Honesta. Fiquei surpreso quando vi Serapião perguntar a outra prostituta qual era o ônibus que o levaria até a rodoviária; não gostaria de vê-lo voltar à sua terra natal. Fiquei feliz quando ouvi Serapião dizer: — Eu quero ver o mar. — E foi. — Moço, uma passagem para o Guarujá.

No ônibus, Serapião se confessou com uma velha senhora de cabelos azuis.

— Sabe, dona, esse tal de Guarujá pode ser qualquer lugar. Pode ter mar, pode não ter... eu já não sei mais se tem Deus no Guarujá, mas sol eu sei que tem. Um sol bonito, formoso, redondo como uma aliança. Eu gosto muito do sol, dona..., e de meu pai? E de minha mãe? Sei lá... não me lembro de nenhuma reza, dona... não me lembro de nenhuma cantiga que a minha mãe me ensinou... o meu lobisomem matou a minha Amaralina, dona, lá no hotel. Mas eu não choro não, pra quê? Eu nem sei o que é que eu vou fazer no mar...

Serapião escolheu um canto no meio das pedras do Morro do Maluf — que separava as praias de Pitangueiras e Enseada — e ali ficou sem comer, sem beber.

Serapião conversava todos os dias com o sol. — Eu conheço você. É, você aí em cima. Eu conheço você. E eu gosto muito de você.

A brisa quente fazia som de rabeca.

Tempo.

A tristeza já não era mais tristeza.

O sol havia queimado a outra metade.

A febre já não era mais febre.

Amaralina já não era mais Amaralina.

Um lobisomem uivava na Lua.

Serapião morreu da mais pura tristeza e falta de ser. Falta de saber. Falta de querer.

Só eu sabia onde jaziam seus ossos. Só eu sabia da falta de razão e propósito. E lá estava ele, o esqueleto todo branco, deitado e sereno, à espera do meu toque. Da minha desesperada procura. Peguei um osso de morte e comecei a escrever na areia uma história ínfima, de importância nenhuma, e que me levaria a lugar nenhum. Mas que me daria o sagrado movimento e uma perfumada esperança cega. Comecei a escrever a história do menino que adorava o sol e que desenhava a criança do vento. A história do homem que queria casar com Amaralina e comprar aliança. Escrevia com o osso na areia. O calor do sol irritava meus cabelos, e o sorriso eterno de Serapião começava a esculpir a minha boca, a minha palavra e a minha pronúncia.

A maré alta matou Serapião pela segunda vez. Restou-me, apenas, a metade ensolarada do mundo...

Joaquim e Manú
[os soldados da higiene]

Joaquim estava parado no meio do pátio da casa dos avós paternos de Manú — sem mover um músculo — e com um punhado de milho na cabeça. Pombos voavam no céu enquanto Manú se escondia na garagem. Espiava o amigo pela porta entreaberta. Silenciosa. Com maravilha em seus olhos novos. Com sonho no pensamento, e brincadeira na idéia. Criança escondida, parada, à espera do pombo que haveria de pousar na cabeça amarela de Joaquim.

Joaquim mal respirava, transpirava angustiado. O pombo não vinha, e as horas não esperavam pela caça daquelas duas crianças.

Joaquim fez um sinal a Manú, queria fazer xixi. Manú respondeu com outro sinal, nervoso, dizendo-lhe para que não saísse dali até que o pombo viesse ao encontro do seu cabelo pixaim. Joaquim quase chorou. Manú comia um sanduíche de mortadela, via as feições desesperadas do amigo e não sentia absolutamente nada. Queria, apenas, o pombo, aquele bicho voador que diziam ser muito sujo. Queria capturar o bicho e dar-lhe um bom banho. "Um bicho que voa no céu não pode ser sujo", pensava Manú. Era um erro divino a ser reparado com a ajuda do seu valente amigo, Joaquim.

E lá estava ele, lambendo os beiços de fome e roxo de vontade de fazer xixi. Nenhum grão de milho havia caído no chão porque seu corpo estava completamente hirto. Manú podia ver o corpo negro de Joaquim tremer de tensão, mas, como eram soldados da higiene, não poderiam recuar ante a iminente guerra contra a sujeira alada.

A criança portadora da armadilha começou a chorar e sinalizou sua fome. A outra ficou furiosa com aquela mímica de fraqueza, e escreveu, bem grande, num pedaço de papel: "Se você sair daí, eu te mato." Joaquim recomeçou a chorar, dessa vez, convulsivamente, depois de horas a fio, parado, equilibrando os grãos de milho na cabeça. Manú sentiu uma mistura de decepção e ódio que a levou a pegar uma pedra e atirá-la, com todas as forças, na cabeça do covarde soldado. A pedra fez com que Joaquim parasse de chorar. O sangue cobriu seus olhos assustados, ele caiu no chão, e o milho espalhou-se pelo pátio.

Manú terminou de comer o sanduíche de mortadela e foi, andando, ao encontro da vítima. A criança não ficou surpresa ao perceber que o corpo estendido no chão não era o de Joaquim. Era o de uma linda menina de tranças vestida com um uniforme de futebol.

— Esse uniforme é do Joaquim.

— Eu sei.

— Qual é o seu nome?

— Não interessa.

Manú sentiu que poderia confiar naquela menina de cabelos amarelos. Conversaram como velhas amigas.

— Você lava as mãos depois que faz xixi?

— Claro que sim.

— Você é uma menina limpa. Eu gosto.

Pegou a menina pela mão, entraram no casarão e subiram, sorrateiras e invisíveis, até o sótão. Casa imensa. Sótão. Porão. Caminhos escuros. Luz de infância.

— Vamos brincar de bruxo?

— Vamos.

— Tira a roupa.

Foi o primeiro nome que veio à cabeça de Manú para aquela brincadeira: troca de carícias. As línguas se encontravam ponta a ponta, mas não havia movimento, apenas o toque e olhares úmidos de prazer e mistério. Beijavam-se no sexo. Sentiam um gosto bom. Um cheiro bom. Sem querer, descobriram a unidade, a forma plena e angelical do sexo. Mas eram crianças, e a capacidade de pensar existia mais forte na pele, no sorriso de um pequeno demônio, no sexo cheio de visco e perfume.

Manú fez com que Joaquim lhe desse as costas. Abriu suas nádegas e colocou uma pequena pedra lá dentro.

— Não deixa a pedra cair, Joaquim, segura ela com a bunda.

— Tá.

— Se ela cair, você morre.

— Tá.

Manú gostou de passar horas a fio contemplando aquela imagem enquanto comia um saquinho de amendoim. Sentia prazer em ver seu amigo naquelas situações, sentia amor por ele. Joaquim parecia não gostar muito, mas Manú nem ligava. Manú era só ciência. Só alquimia.

— O sangue já secou, Joaquim.

— Mas a minha cabeça ainda está doendo.

— Depois passa.

— Tá.

— Joaquim, eu vi a tua mãe cortando a cabeça de uma galinha com uma faca. Depois ela pegou o sangue e pôs dentro de uma bacia.

— É para fazer molho pardo.

— Sua mãe lavou a galinha?

— Lavou.

— Tá.

— Manú, eu quero pôr a minha roupa e ir pegar um pombo para você.

— Tá.

Retornaram ao pátio e viram o chão coberto de pombos, comendo o milho esparramado. Ficaram caladas para não assustar os pombos e, se pudessem, calariam o mundo todo para contemplar aquele mágico momento. Vagarosamente, Manú pegou uma mangueira enquanto Joaquim abria a torneira. A água jorrou abundante. Um hino de guerra, composto por elas, afinou aquele tico de tempo. Lavaram os pombos, o pátio e elas mesmas. Joaquim e Manú eram só gargalhadas felizes. Rodopiavam com muitos braços abertos, fazendo o mundo girar com um tempo comandado pela infância. De repente, pararam encantadas e fizeram um aceno para o céu movimentado. Uma revoada de bruxos cantava, agradecida, pelo banho tomado.

A Trajetória

Procurando Ademar

Este escrito será a história de um homem à procura de Ademar, o mecânico.

O homem dirige seu carro branco enquanto olha placas com nomes de ruas. Pára, fala com transeuntes, continua.

Este escrito mostrará o homem perguntando a uma linda mulher:

— Por favor, você conhece o Ademar? Ele é mecânico. Me disseram que a oficina dele é aqui perto.

— Ademar...

— Tudo bem. Você está indo pra onde? Quer uma carona? — Veremos a mulher indo embora.

Este escrito mostrará o homem em sua trajetória à procura de Ademar, o mecânico. Mostrará ruas engarrafadas, orlas marítimas, florestas, países, estradas de terra, túneis, pontes, semáforos amarelos, suor, balsas, procissões, assaltos e a velocidade do desejo. Mostrará o homem cortando as unhas dentro do carro enquanto espera pela resolução do desastre. Ele ouvirá uma música qualquer e jogará as unhas no cinzeiro para não sujar o mundo. Veremos um homem morto coberto por jornais.

Este escrito mostrará o homem extenuado, descendo do carro para tomar um café no boteco.

— Um café, por favor.

— Tá doce.

— Tudo bem. Você conhece o Ademar? Me disseram que ele mora por aqui.

— Não conheço, não senhor.

Veremos uma quase senhora, modificada pelos números. Como o homem.

— Por favor, você conhece o Ademar?

— Você?!?

— Nossa! Quanto tempo, eu não tinha te reconhecido.

— Pois é, o que é que você está fazendo por aqui?

— Estou procurando o Ademar, o mecânico.

— Eu não conheço nenhum Ademar.

— Que pena.

— Você emagreceu bastante.

— Dieta.

— Mas os olhos são os mesmos. Eu morro de saudade de você.

Veremos a vida acontecendo de supetão.

— Eu também.

— Você continua escrevendo?

— Estou sem idéias. Eu queria te dizer uma coisa, mas estou sem coragem.

— Por favor, fala.

Este escrito mostrará o homem beijando aquela quase senhora. Mostrará a chuva e seus ventos pesados. Gritos de prazer sem o sorriso da boca e sem o encontro dos olhos. Mostrará um outro homem carregando uma placa: *vende-se ouro.* Mostrará o homem descendo do carro para dar um tapa no pivete que pede esmolas.

— Seu filho-da-puta! Se eu pudesse, te dava um tiro na cara, vagabundo! Além de miserável, você é incapaz de me dizer onde mora o Ademar. Você tem mãe, seu merda?!? Você tem nome?!?

A violência aparece atávica e desesperada.

Uma negra aparece como que por encanto.

— O nome dele é Jair e a mãe dele sou eu.

— A senhora me desculpe, eu estou muito nervoso.

— Tudo bem. — Veremos o homem excitado com a bunda preta e carnuda.

— A senhora me desculpe, por favor.

Este escrito será a história de um homem que quer apenas consertar o seu carro para seguir viagem. Quer parar num restaurante de beira de estrada e comer um queijo-quente. Quer foder uma mulher qualquer num motel de alguma categoria. Veremos prostitutas grávidas de poucos meses — com leite no peito e o vestido sujo de colostro. A puta e o amor pago, honesto, possível, localizado. Veremos o homem pedindo gasolina a um outro viajante. Teremos pregos nos pneus e cavalos na estrada. Nenhuma multa, graças a Deus! Ouviremos o sofrido farfalhar de asas do Anjo Malaquias (aquele do Quintana). O anjo com asas malnascidas.

Será uma história feita nas costas de uma idéia. Sempre. Repetida e composta de mudas gargalhadas. Será a história do homem à procura de Ademar, o mecânico.

Veremos uma longa estrada e o carro branco que some no horizonte.

Achando Ademar

Estamos vendo Ademar consertando o carro branco enquanto o viajante espera, tomando um refrigerante diet. Vemos jogos completos de ferramentas. Vemos macacos, sujeiras, estopas, carros suspensos, pedaços de motor, óleo no chão etc., etc., etc. Vemos algumas mulheres e seus olhares promissores, corpos nus grudados em paredes cinza.

O viajante termina o seu refrigerante diet. Ademar aperta o último parafuso.

— Pode seguir viagem tranqüilo.

O viajante paga. Agradece. Entra no carro. Ouve feliz o barulho do motor. Sai da oficina e entra na estrada.

Vemos um viajante que vive a velocidade do desejo, procissões, pivetes que pedem esmolas, florestas, balsas etc., etc., etc. Vemos, no viajante, um acúmulo de humor e estranha felicidade.

O viajante sai da estrada. O celular acha que está tocando *Jesus, Alegria dos Homens.* Entra na cidade e estaciona o carro na maternidade São José. Está ansioso e repleto como um relâmpago. Seu filho nasceu. Ele esquece de levar flores pra mulher. Só depois de algum tempo, o viajante percebe que tem um filho e se dá conta de que a vida é matéria possível.

Ele fuma um cigarro em frente à capela da maternidade e se sente feliz.

... O tempo passa e faz algum sentido...

O homem leva o filho e a mulher para casa em seu carro branco. Ele dá mamadeira, limpa cocô, brinca, beija e leva o moleque na escola. Namora a mulher que se queixa, que se sente feliz ao ser beijada, que recebe um pequeníssimo celular de presente. Uma vida moderna. O homem compra um micro com processador de última geração. Uma vontade contemporânea. Vemos o homem estacionando seu carro branco no shopping. Ele é capaz de viver — mesmo entre lojas e lanchonetes — a velocidade do desejo, as balsas, as florestas, as procissões etc., etc., etc. Ele come um pecaminoso Big Mac e sente o gosto do javali. Olha uma loja de roupas e vê as praças da Roma antiga. Conversa com gladiadores que vendem relógios e vê leões saindo do banheiro das mulheres. Vemos o viajante que vive sua vida, e outra, alguns centímetros fora do prumo. O viajante que come uma torta de banana, outro pecado. Vemos o viajante empurrando o carrinho do garoto e acariciando o cabelo da mulher.

O carro branco está estacionado na garagem alugada.

É noite.

Ele faz sexo com sua messalina batizada.

Todos dormem.

O carro quebrou novamente, e a alma pede por ser encontrada. Será atendida.

Vemos uma longa estrada e um desejo que aparece no horizonte.

Sonhando com Papai e Mamãe

Inverno.

Ventava muito. Eu não sentia o frio. Folhas fugiam com o vento. As árvores pareciam monstruosas, mas meu medo era maior do que qualquer imagem, e minha dor, apesar de menino, era velha e natural.

No horizonte, a imagem do meu pai aparecia trazendo dois cães enormes e brancos, com a língua de fora por causa da coleira apertada. Fazia muita força para segurar as duas feras mudas, de nenhum latido. Faziam um obstinado esforço em silêncio. Um silêncio de olhos vermelhos. Uma raiva.

... A imagem de começo pequeno, de perto, era medo crescido e explicado: pai e feras...

Meu pai passou por mim e disse-me que ia alimentar os cães (minha dor inevitável aumentou). Continuei parado no quintal contando as folhas fugidias e ouvindo minha mãe, em seu quarto, gemendo as palavras do desespero.

Ele entrou em casa com as feras, subiu as escadas, e, com os cães, penetrou o quarto dos gritos. Mãe... Meus pais começaram a uivar feito lobos. Os animais começaram a latir.

Iniciei a subida, com muito cuidado, prestando atenção em cada mínimo ruído provocado pelos degraus de madeira.

O peso irreal dos meus pés de chumbo subindo a escada era matéria de mil delírios. Suava, ofegava. Estava exausto. A escada tinha fim somente para os meus olhos. O andar de cima era promessa de distância cada vez maior. Minhas pesadas pernas tremiam. A respiração era pouca.

Depois de milênios, minha teimosia conseguiu chegar ao andar de cima. Recuperei a respiração e grudei o ouvido na porta. Fiquei ouvindo e tentando aprender alguns segredos da vida.

Meu pai abriu a porta de repente, como se soubesse que eu estava ali, e me mandou entrar. Tive pouco tempo para tanto susto. Meu pai estava nu e minha mãe também. Estavam suados. Estavam sorrindo. Mas não havia espaço para o som de uma alegria maior. Os cães travavam uma disputa mortal por um pedaço de carne, jogado no chão do quarto. Meu pai pegou um revólver, deu um tiro na cabeça de cada cão e sorriu para mim (um pedaço ensangüentado de carne abençoou meu joelho). Em seguida, deu-me um beijo de absoluto carinho na testa. Tinha no rosto um sorriso de anjo grande. E, com voz de tecido novo, disse: — Isso é amor, meu filho.

Uma Guerrilha

Por puro desespero, estou aqui.

A estratégia era perfeita. Meus companheiros tinham muita malícia e experiência para o recrutamento dos melhores guerrilheiros. Possuíam um faro animal, descarado. A guerrilha, para eles, e para mim também, significava fascínio, jogo, surpresa, excitação, liberdade. A reunião dos soldados deveria ser o resultado de uma escolha milimétrica; para isso, a alcatéia precisava de um líder. E o líder dos lobos era eu.

O dinheiro apareceu pelas mãos de um escuro mecenas. A aposta do Velho Senhor era muito alta, eu não podia errar. Para garantir o meu êxito, entrei em contato com industriais amigos meus que mantinham negócios com alguns países do Oriente Médio. Foi através de um amigo que consegui o meu grande trunfo: Mohammed.

Era o dia da reunião final. A alcatéia babava, mostrava os dentes. A excitação era enorme. Mohammed chegaria dali a algumas horas. O Velho Senhor, tal qual uma entidade de sumo poder, permanecia impávido, à cabeceira da mesa, esperando pela estratégia que o levaria a esmagar seus inimigos. O Excelso vibrou ao conhecer o primeiro recruta, Andrade.

— Sessenta anos, 1,82m, 102kg, faixa preta em judô, campeão sul-americano de tiro e campeão mundial de xadrez...

— Parece um tanto efeminado — interrompeu o Velho Senhor.

— Praticamente uma senhora — completei. — Se veste sempre assim: blazer azul-marinho com botões dourados, brasão bordado no bolso, camisa sempre branca e um indefectível cachecol de seda. Vermelho. Sempre vermelho. A cor da paixão, segundo ele. Calças sempre pretas, de tergal. Sapatos pretos, engraxadíssimos, e sempre de cromo alemão. Cinéfilo enlouquecido. Tem verdadeiro horror a atores feios. Ama profundamente Jack Nicholson, todas as suas caretas, e entra em transe com a vaidade do astro. Andrade delira quando lê nos olhos do ator enquanto representa: "Vocês estão vendo como eu estou fazendo bem esta cena?" Seu humor varia do mais arguto refinamento à mais escura escrotidão. Já foi processado por corrupção de menores, mas foi inocentado por mui nobre influência. "Querem me ver tomando cicuta, coitadinhos...", repete essa frase sempre que contrariado. Teve sua foto publicada num jornaleco fazendo sexo oral com um garoto de programa; não ligou, não cedeu à chantagem feita pelo puto, e ainda disse, com todo o cinismo do mundo, que a foto era uma montagem descaradamente malfeita. Professor de Filosofia aposentado...

O Poderoso pressentiu força e inteligência em Andrade. Seria o líder perfeito. Aprovado.

A televisão permanecia ligada, e a reunião continuava tensa, apesar da primeira aprovação. Mais uma bomba. Mais centenas de mortos. Menos Oriente Médio. Mais preocupação com a economia. Lembro-me bem da imagem de uma criança com o estômago aberto, ensangüentado e sem os dois braços. Sentia vergonha até de chorar, o infante. Senti uma certa dor. Continuamos.

Eu pensava nas relações estabelecidas entre os recrutas e nas que poderiam nascer do imprevisto, da libido, ou do medo. Esperava o momento certo para exibir a malícia e a força dos demais recrutas ao nosso Velho Senhor, não queria queimar etapas. Falaria do Grande Castelo no momento oportuno.

A televisão mostrou mais um hospital em chamas. Alguma dor. Continuamos. A idéia de um espião entre nós deixava-me um pouco mais tensa. Tudo era risco e real — era guerra. Tudo era tática. Tudo era desejo de conquista. Continuamos.

Mesmo daqui do meu isolamento, sou capaz de lembrar perfeitamente da expressão do Grande ao ver o corpo espetacular de Monah. Lembro da pele enrubescendo, das mãos crispando disfarçadamente e da respiração começando a expelir desespero. Minha reação, por ser mais jovem, era elevada à segunda ou terceira potência.

— Monah é um nome... sonoro, não acha, Velho Senhor? Puta. Gosta de ser puta. Se assume como puta. Fez uma pequena fortuna como puta. Trabalhou durante anos na polícia feminina. É hábil no manuseio de qualquer tipo de arma. E, como o senhor pode ver, é a crioula mais extraordinária do universo. Veio de família pobre. O pai era alcoólatra, a mãe empregada doméstica, e o único irmão — traficante — morreu com um tiro na cabeça em frente ao barraco em que ela morava. Papai foi seu primeiro homem. Fez o serviço na frente da mamãe, e depois sumiu. História antiga, didática, sedutora, excitante, fácil.

O mundo começava a latejar. O Excelente abriu todos os seus sorrisos, e, pelo cheiro azedo que vinha de baixo, percebi que o Velho Senhor não conseguira conter o resto de hormônio que ainda lhe sobrava. Uma gosma manchava sua rica braguilha. Aprovada. Mais um tiro certeiro. No alvo. Mais um soldado. Meu coração vibrou, canino. Por pouco não foram ouvidos uivos na sala. Foi quando um lamento interrompeu a ferocidade do contentamento. A mulher coberta gritava. A televisão crescia com a imagem do pavor. "Nós somos humanos como vocês, por que vocês jogam bombas sobre nós?" Estávamos todos na mesma época, sintonizados, em comunhão. Coerentes. Continuamos.

— Nem tudo são flores, o senhor sabe... O Leal desistiu, não está mais conosco.

— Desgraçado. Nojento.

O Vigoroso proferiu essas duas palavras com uma voz de muito baixa tonalidade. Seus olhos invernais e envenenados de ódio sustentaram, com precisão, uma pausa breve. Ficamos aguardando, em silêncio, a permissão para continuar a viver.

— Eu dobro ele — prosseguiu — abaixo de zero. E, se eu não dobrar, acabo com a vida dele. Um telefonema e pronto, ele nunca mais arruma um trabalho na vida. Nada. Desistiu por quê?

— Disse que a Arte o chama.

O Velho Senhor regurgitou uma gargalhada pestilenta e comprida.

— Arte?! Pro inferno o Leal. Eu odeio hipocrisia. As coisas são como elas são. Deus do céu. Ele tinha inventado uma teoria maravilhosa. "É importante para mostrar as relações humanas. A generosidade, a solidão, talvez até o amor, o nosso lado obscuro, nosso desejo de poder, nossa capacidade de sermos bons ou maus conforme as circunstâncias..." Falou até sobre dialética, vejam só, que sofisticado, o menino... "Todos nós temos horror e fascínio pelo grande espelho..." Quando ele falou "grande espelho", eu bati palmas pro traidor. Fez pesquisas maravilhosas sobre Tito e os 100 dias seguidos de jogos. Conhecia todas as espécies de gladiadores. *Retiarius, marmillo, piremolati, scotati, andabati*... o anfiteatro Flaviano, a proibição dos jogos por Constantino, o Grande. Aprendi coisas com o menino, vejam só, meus caros. Cultura. Durante os jogos, prestem atenção, haveria uma fera especial que atacaria quem chorasse. *Haveria uma fera especial que atacaria quem chorasse.* É poesia. Poesia pesquisada pelo nosso desertor, Leal. Conheci os rituais de execução medievais através dele. Fogueiras, enforcamentos, carnes empaladas... pinturas incríveis do povo indo ao delírio com o espetáculo... *Espetacvla*... E agora ele quer abandonar o barco? Isso não é uma brincadeira, é uma guerra. De verdade. Eu acabo com ele. Acabo. Depois eu resolvo isso. Fraco. Covarde. Vamos em frente.

Trêmula, tentei retomar a exposição dos recrutas, mas um gesto brusco do Velho Senhor interrompeu minha tentativa. Seus olhos, atentos à televisão, vislumbravam, com explícita angústia, poços de petróleo em chamas. Menos dinheiro. Tempo.

— Vamos em frente.

— Nicanor: especialista em explosivos, negro, toxicômano regenerado, formado em Letras, e tem um pênis que mede 39cm. Mole. Sente um enorme orgulho do próprio falo e adora ficar mostrando o gigante pra todo mundo. Foi preso duas vezes por causa disso.

— Próximo.

— Aprovado?

— Próximo.

— Perdão. Tereza: ex-freira, homossexual, ex-assassina de aluguel, e atualmente trabalha como taxista. Tem tatuagens dos pés à cabeça. Eventualmente diz uma palavra que não seja um palavrão e adora contar estórias sobre a sua vida no convento. Foi expulsa de lá porque enfiou o dedo no...

A vulgaridade, o patético, o escárnio começavam, como o efeito de um gás tóxico, a entorpecer o meu pensamento. Não conseguia definir ao certo os meus sentimentos. Culpa àquela altura seria ridículo, porém, possível. Eu ainda possuía algumas características humanas. Mesmo assim, continuei.

— Florindo: mestre de jiu-jitsu, tem uma pequena propriedade no interior. Vende alface e outros verdes. É bem interiorano e ri à toa, quase um débil mental. Rústico e mulherengo. Tem um par de orelhas ridiculamente grandes. Sua gargalhada é famosa por ser frouxa e duradoura. Chegou a rir durante 25 minutos seguidos, entrou em coma e permaneceu nesse estado por uma semana. Adora contar essa história e morre de medo de que isso venha a acontecer novamente. Esperamos que aconteça o melhor; especialmente porque o nosso religioso fanático, Hilmo, e, por muito tempo, garoto de rua e arrombador habilíssimo, adora contar piadas. Tem um talento extraordinário para isso. Sofre de uma grave flatulência e tem incontinência urinária. Acha que isso é obra do demônio ou de algum tipo de trabalho feito contra ele. Por conta disso, vive se autoflagelando, tem as costas lanhadas. Apesar das orelhas de dar pena, Florindo, assim como Hilmo, tem rosto de mocinho de seriado americano e corpo muito bem-talhado; os dois não são tão musculosos como Fléberson, vulgo Gorila, estivador e pugilista nas horas vagas. Pugilista de rua. Ganha uns trocados a mais massacrando seus oponentes. Adora exibir a sua força dando longas e velozes corridas, que costumam terminar com um mergulho contra a parede. De cabeça. Gosta de bater a cabeça em qualquer superfície sólida. Fala com muita dificuldade. É capaz de interromper o seu discurso abruptamente e permanecer em silêncio, olhando para o nada, por alguns segundos. Depois retoma o discurso exatamente do ponto de onde parou — alguns dias atrás. Fléberson e Karima...

Lembro-me bem do momento em que falei o nome Karima. Foi nesse exato instante que uma ausência mortal tomou conta de mim. Tive a sensação de haver saído do meu corpo para observar, do alto, a reunião — como um anjo patológico. Observava a mim e aos outros, e não conseguia ver o propósito, o objetivo. O objetivo talvez fosse o retorno... uma procura... a conquista... a volta ao instinto... não, muito vago. A verdade é que os recrutas entrariam em verdadeira guerrilha. E o inimigo seria encontrado facilmente, sabíamos o seu nome e o seu endereço. Seus planos seriam destruídos, e sua gente, se não fosse totalmente dizimada, seria completamente domada. A sala de armas estava repleta das mais modernas munições. Eles alcançariam a vitória. Eu, o anjo patológico, tragicômico, estava apavorada. O castelo estava pronto. Gótico. Majestoso. Com um sistema interno de câmeras devassador. Fora construído em tempo recorde com os milhões do Velho Senhor. A batalha haveria de ser ganha a todo custo, não importaria o preço. Era uma fortaleza praticamente invulnerável e indestrutível. A base perfeita, isolada, longínqua. Seria capaz de resistir aos mais ferozes ataques. Povos bíblicos, bárbaros da Antigüidade, exércitos estelares, ninguém... ninguém seria capaz de arranhar sequer aquela construção destinada ao delírio, à guerra e à realidade da alma. Somos assim, pensava eu, durante o meu torpor. Eu, que havia abandonado o corpo para observar os lobos reunidos, sentia-me como o resultado de um ritual mediúnico de quinta categoria. O que é que eu estou fazendo aqui? O que é isso? A pergunta não era superior, era impotente. O castelo estava pronto, e seu fosso, lotado de crocodilos famintos, já possuía um odor insuportável de carne morta.

— Como eles vão se alimentar? — perguntou o Velho Senhor.

Flutuando no teto, vi meu corpo responder: — Eles vão ter de matar para poder comer. Matar todos os dias. É proibido armazenar, assim como é proibido comer outra coisa que não seja carne. Porcos, ovelhas e coelhos habitam um espaço cercado na parte exterior do castelo. Salões de jogos, quadras esportivas, piscinas nababescas, cachoeiras artificiais, uma capela, missa obrigatória todos os domingos, 52 quartos imensos com camas de ferro trabalhado à mão, mobílias de madeira maciça, taças e copos do mais puro cristal, louças com pinturas de valor inestimável, uma sala de armas gigantesca com muita munição...

— E a masmorra? — perguntou o Velho Senhor.

— Pronta. Medieval. Equipada com os mais raros artefatos de tortura, alguns originais.

Que espécie de gritos lancinantes sairia dali? Quem seria o torturador? Quantos ossos seriam quebrados? Quantas carnes dilaceradas? Sabíamos que teríamos mais aliados do que inimigos. O torturado clamaria por quem? Mais de 2.000 anos de história destruídos por uma bomba. Um museu, perto do Tigre e do Eufrates. Perto de Adão e Eva. Perto de um rumo que eu não sei qual é. Todos olham, sem opinião, para a televisão. Continuamos.

— Essa Karima... Karima: 19 anos, aparência de 14. Sensualidade avassaladora. Coxas de cavalo, seios pequenos e naturais, que cabem na palma da mão (conforme diz o jargão popular), e uma bunda carnuda que treme da maneira certa quando enrabada. Fica de quatro como ninguém. É esotérica, torce para que os trabalhadores cheguem ao poder, se preocupa com os pobres e os oprimidos, é manipuladora, imbatível no preparo de poções venenosas, e falsa como um velho demônio. Adora jogar Tarô cigano. Fode como uma louca, mas garante que nunca gozou na vida. "Ainda não apareceu o homem que faça a minha Kundalini me levar para o éter sagrado dos sete céus."

— Aprovada.

— Mário, aidético em estado terminal, virá acompanhado de enfermeiros e de todos os tipos de remédio de que precisa. Temos autorização da família. Sua aparência pustulenta é de dar nojo até no mais experiente funcionário do IML. Podemos usar o seu sangue na medida do necessário. Tudo pode acontecer... temos soldados de todos os tipos e treinados nos mais diferentes estilos de luta, como o senhor poderá ver com mais detalhes. Musculosos, tatuados, indecentes, mansos, poetas, obscenos, agressivos... mulheres também, das mais variadas. Dentre elas, uma tetraplégica, excelente estrategista e imbatível em informática. Como o senhor pode ver, os disfarces, as máscaras, as dissimulações são inúmeras e precisas.

— Ótimo, e sobre esse Mohammed?

— É o nosso grande trunfo, Velho Senhor! Ele irá esmagar o inimigo! Dou-lhe a minha palavra. E eu sei que não posso falhar. Ele deve estar chegando daqui a pouco, o nosso motorista irá buscá-lo no aeroporto.

Existe alguma vantagem em se viver enclausurada numa torre de um castelo vazio. Posso pensar, posso ficar calada, posso camuflar porcamente minha burrice através de metáforas, posso concordar, discordar, ficar deprimida, alegre, amar, odiar, fazer planos... posso falar com seres imaginários, com pássaros, com o céu... eu tenho o comando. O tempo é meu. A vontade, só minha. Exercício de Deus. Posso criar todos os mundos que eu quiser nesse meu útero patético de pedra. Quando o desespero ultrapassa 500ml, passa a ser um grande sedativo. Agora peço pizzas pelo telefone. E vinho tinto. Tenho televisão aqui na torre. A imagem é ótima, posso ver todas as cenas das novas guerras, que, como previsto, são feitas com pedras e paus. Tenho alguma coisa no banco para poder viver os muitos anos que me faltam. Algumas vezes por mês, chamo uma profissional para relaxar as minhas carnes, agora, com todos os seus adjetivos mais humanos e mais precários. Não quero ver mais ninguém. O castelo é só meu. O mundo me fracassou. Posso ser alegórica, simbólica, apostólica, infantil... posso escrever sempre as mesmas coisas... posso tentar o mistério estúpido, a charada banal, a caricatura... posso rezar à vontade... posso aumentar minha crença em Deus... posso ser ausente de sentimentos... e posso me dar ao luxo de não ter nenhuma autopiedade. Tudo isso porque Mohammed não chegou à reunião, por ter-se explodido em frente a uma lanchonete de fast-food (que pobreza)... passou pelo detector de metais do aeroporto — que só detecta tesourinhas de cortar unhas —, raptou o motorista com a ajuda de um estilete e dissolveu o meu sucesso. Mohammed explodiu ridiculamente antes da hora prevista. No lugar errado. Na hora errada. Contra o inimigo errado. Fomos descobertos. O Velho Senhor perdeu o seu dinheiro, e, eu, o meu emprego, minha reputação, meu amigos e minha família.

A negra comédia termina aqui, e minha vida continua pueril. Tento, em vão, agitar alguma coisa monocórdica. Mesmo assim, ainda posso me alegrar com o cheiro delicioso da minha pizza meio calabresa, meio marguerita, que vem ao meu encontro pela escadaria escura da torre.

Se por acaso o nobre leitor ouvir o som de um possante arroto, não se preocupe, será o resultado da digestão da pizza, ou de mais uma banal alegoria.

Vá à Merda
[Dom Quixote em Veneza]

Vá à merda!!! Era esta a mensagem que Mané Maravalha (nome artístico) mandara à sua extensa lista de e-mails. Vá à merda!!!

Pessoas odiadas e pessoas queridas receberam essa elegante mensagem exatamente no dia 3 de janeiro, aniversário de Mané. E o mais curioso é que a dita mensagem fora escrita e enviada com um estado de espírito quase que esvaziado por todos os deuses. Não havia nenhum resquício de ódio, raiva, irritação ou ressentimento no coração pouco habitado de Mané; havia, sim, um estranho sentimento de amor. Amor pela vida. Amor orgânico. E, para forçar uma imagem poética vulgar e estéril, havia um perfumado amor fecal. Pela vida.

As coisas iam muito bem na vida de Mané. Fazia sucesso como chargista, como redator de um programa de humor "cult", e como jornalista. Tinha um salário que não era nada desprezível, dava para viajar, comprar livros, roupas, quinquilharias inúteis — que eram as aquisições mais preciosas para Mané —, comida, vitaminas... Mané era capaz de entrar numa papelaria e comprar um caderno apenas por achá-lo bonito. Não usava nunca o tal caderno, mas era capaz de olhar para ele e sentir-se feliz. Assim era, mais ou menos, Mané, o homem que comprava vitamina C importada e vitamina E, importada também, para tomá-las após o almoço. Em jejum, logo que acordava, batia sementes de linhaça num pequeno processador e misturava o pó na água. Eram muito ricas em Ômega 3, as tais sementes. Preocupava-se muito com a saúde (fritura zero) porque tinha certeza de gostar muito da vida. E gostava. Tinha a impressão de amar sua mulher e seu filho. Apesar de não ser mais aquele fodedor incansável, irresponsável e feliz, ainda conseguia guerrear com bastante força.

Viu, com a mulher e o filho, o Netuno de Ammannati em Florença, viu o Palazzo Ducale em Veneza, viu o balcão de Romeu e Julieta em Verona, encantou-se com os pré-socráticos, ganhou prêmios, ocupou sua cabeça com milhares de livros, foi bem criticado, comprou apartamentos, brincou com seu adorado filho, beijou sua linda mulher, e... vá à merda!!!

A mensagem. O óbvio pedido de socorro. Uma facada na idéia. A dinamite para abrir um caminho novo. O charme da loucura e do trovão. A vingança a esmo. De si mesmo. Ensimesmado. Aparvalhado. Chorado. Cagado. Sem fúria. O dia 3 de janeiro não era um dia de fúria, talvez feiúra (só para fazer rima torta). E para ver se o ritmo da frase fabricava um novo caminho. Mas não fabricava. E agora? E agora, vá à merda!!!

E foi. Sozinho. Para Veneza. Largou trabalho, mulher e filho, e todo o dinheiro que tinha; por puro cansaço de tanto desejo ansioso e demente, talvez. Ou, talvez, pelo motivo óbvio, ancestral e atávico, o enorme medo da felicidade.

Talvez. Mané começou a apunhalar o vento porque temia se acostumar com as coisas. Mas só conseguia mesmo era desenhar a poesia, e não a vida nova. Não conseguia mais sentir o sabor do beijo. Não conseguia mais sentir prazer no trabalho. Não conseguia mais. Talvez.

E agora: Veneza.

A Ponte dos Suspiros com toda a sua carga mortal. E uma cama na pensão.

E agora: fazendo performance para ganhar algumas moedas, nas redondezas da Piazza San Marco — fantasiado de Dom Quixote. Uma moeda. *Grazie*!

Já faz uma semana. Pouco tempo. Mas Mané era de uma fragilidade de papel-arroz. Vazio. Sem pintura por cima. Nos primeiros dias: o cenário da novidade, a aventura, a valentia, o desejo de liberdade, o novo sabor, a vontade de muito andar, o trabalho... nos primeiros dias. E agora, a sensacional mentira. E o mesmo Mané, começando a ser dinamitado.

A tristeza. A lembrança do filho. "Papai, vamos brincar?" A lembrança da mulher: "Me abraça." "Mamãe, que horas o papai volta?" A mãe mentiu porque não sabia. "Papai viajou a trabalho, mas daqui a alguns dias ele volta." De fato, Mané simplesmente sumira sem avisar a ninguém. Uma pequena mala, pouca roupa e algum dinheiro. Só. Delegacias, hospitais, telefonemas. Nada de Mané. Mesmo quando presente, nada de Mané.

E agora: Veneza.

Dom Quixote desce do pequeno caixote que lhe serve como pedestal de estátua, senta-se nele, pára a performance e começa a olhar — com olhos de pouca alma e muito pranto

— para aquela Veneza irreal. Gianni Versace, Louis Vuitton, chaveiros, máscaras, gondoleiros cantores, casais enamorados, a ausência de automóveis e seus barulhos, o barco do correio, o barco do lixeiro, as portas comidas pela maresia, as pessoas e sua elegância especial, o semáforo na água, as roupas penduradas nos varais, as igrejas, a falta de prumo, os ávidos japoneses, a lembrança do seu filho jogando milho para os pombos, os venezianos, e os Incas Venuzianos do *National Kid*. A Veneza que permite incoerências, e que permite a lembrança torta da infância...

Talvez o monstro Celacanto habitasse as profundezas daqueles mares. Suas barbatanas gigantes se uniriam e o terrível terremoto iria dizimar quase toda a humanidade. Iria sumir com todo o sofrimento subjetivo, difícil. Sobrariam apenas os fortes e os sensuais, seres bem-humorados e espertos — hábeis amantes e pescadores. Comeriam peixes grelhados e domariam o Celacanto. E mudariam o tempo do verbo para fabricar, agora, o sonho bom e a felicidade; dentro e fora da Veneza que não é Itália. A Veneza que não é mundo. A Veneza que é pura beleza afogada. É morte. É pau dentro. É etrusca. É amor lamentado. É o grito de Casanova comendo a mulher do poderoso. É vida pintada.

Mané olhou, olhou, olhou. Depois entrou num bar, bebeu tudo que pôde, ficou completamente embriagado, e andou — com passos firmes de Cavaleiro da Triste Figura — em direção à Piazza San Marco. Chegou lá, viu a praça lotada de camelôs e turistas, colocou o seu caixote bem no centro da imensa praça e deu um brado de altura medonha e irreal. Todos olharam para Mané. Para a sua cara. Os pombos voaram de puro susto e a praça se redesenhou em absoluto silêncio. Os gestos, o bailado do embriagado Mané tinham a originalidade e o frenesi do primeiro átomo criado por Deus. Fazia coisas jamais vistas em nenhuma parte do mundo. Indescritíveis.

— Vocês conhecem a minha terra?!? Vocês conhecem a minha saudade?!? Vocês conhecem a minha terra?!?

Bradou coisas a respeito da sua inteligência, queria conhecer seu exato tamanho, sem se sentir obrigado a negar ou sentir vergonha da sua irmã gêmea e folhetinesca: a burrice. Queria o sentimento com toda a sua cafonália. Queria as cores fortes do menino. Brabo. Queria o tesão, a cara de mau.

— Foda-se a elegância!!! Vá à merda!!! Por que aqueles gigantes sem cabeça estão tocando violino ali na Cobal?!!! Nós estamos no Leblon!!! Nós estamos em São Sebastião do Rio de Janeiro!!! Não se iludam, mil demônios enfeitiçaram vossas cabeças bem-vestidas!!! Vejam a minha lança! Vou apontá-la para os céus e acordar todos os deuses que dormem no interior das minhas tripas!!! Eu engoli todos os deuses!!! Vejam a minha lança! Vou apontá-la para o centro da terra e acordar todos os demônios que dormem no interior das minhas tripas!!! Eu engoli todos os demônios!!! Eu vou libertar Deus e o demônio através do meu vômito!!! E eles voarão livres e felizes, e haverão de me ensinar o que é o amor!!! Vocês conhecem a minha terra?!? Nós estamos em São Paulo e o meu velho pai está à espera da minha visita!!! Eu quero matar todos os gigantes!!! Eu quero adestrar todos os demônios!!! Eu quero beijar a boca da minha mulher!!! Eu quero beijar o meu filho!!!

Uma enorme pausa sustentou todo o silêncio enquanto Mário dançava sua música imaginária quase que em câmera lenta. Sua lágrima brilhante portava afundados barcos. Mário via as pessoas da praça como quem olha através do vidro da janela num dia de temporal. A água da sua alma destruía qualquer forma. Silêncio... dança...

— Quem me dera ser Dom Quixote... tanto sonho ele possuía. Mas eu não quero sonhar... eu quero o beijo da minha mulher... eu quero o beijo do meu filho... eu quero colocar um nariz postiço, imenso, e ser Cirano, e ser um Pinóquio arrependido, redimido... eu quero virar gente... meu Deus do céu, eu quero viver... eu vou viver... eu vou viver, e isso é um juramento... que rima com jumento.

Mário ficou tão enfraquecido e desorientado depois da sua tempestuosa e etílica performance, que nem percebeu que poderia ter rido de si mesmo.

Ao final do discurso sentido a pouca voz, Mário Feliciano Jardim recebeu o aplauso isolado de um japonês, contagiando, pouco a pouco, a multidão, que, até então, estava silenciosa, hipnotizada e atônita. Jamais, em toda a sua vida profissional, Mário recebera tamanho aplauso. As palmas tinham a ferocidade de um milhão de gigantes. E as moedas ganhas tinham quase a altura de um pequeno moinho de vento. Mário recolheu sua pequena fortuna, agradeceu aos aplausos com uma mesura patética e saiu andando com os passos do alívio em direção à pensão onde descansaria seus ossos cansados de muita batalha.

E lá estava ele, deitado na cama — ainda com os paramentos de Dom Quixote —, olhando para o teto. Estava farto, como bradou na praça, do bom gosto mofado, da obrigação de ser sempre inteligente, da elegância imposta por conceitos alheios, dos livros e de todo tipo de arte metida a besta. Seu corpo reclamava a falta do beijo e do abraço. Seu pensamento funcionava, agora, através dos seus ossos, da sua pele, dos seus dedos, da sua boca — que não eram grandes coisas, mas eram suas.

Quero pensar como um neocaminhoneiro, escrever coisas fáceis no pára-choque do meu caminhão. Vou voltar para a minha terra. Quero ser capaz de dizer à minha mulher o que digo com facilidade para o meu filho. Quero dizer um EU TE AMO com a nuance que pertence a ela e a mais ninguém. Um EU TE AMO muito melhor e mais real do que os ditos pelos melhores atores americanos de todos os tempos. Quero fundo musical. Quero o barulho da cama. O barulho do encontro. O som grosso do beijo. O cheiro do lençol depois.

Recado do corpo dado. Mário Feliciano Jardim dormiu com muito sorriso na boca.

Passado algum tempo, o perdoado Mané não conseguiu livrar-se totalmente da sua forma antiga, mas, como as pessoas à sua volta sempre foram mais generosas e mais inteligentes do que ele, o homem conseguiu prosseguir o seu caminho com algum equilíbrio e muito amor. Fez análise como todo bom cristão moderno, retomou seu trabalho com redobrado sucesso e cresceu em amor pela leitura. Conseguiu, até, entender alguns livros que lia. Sentia-se inteligente, provocado, burro, pateta, gênio... Os beijos dados em sua mulher e em seu filho eram físicos. Mais honestos. Havia gosto e cheiro neles. Deus e seu analista de grife haviam feito uma trabalhosa lipoaspiração no cérebro do pobre. Mário rezava, agradecido. E pagava em dólar. Agradecido, também. *Fazêuquê.*

Um belo dia, Mané jogava futebol com seu filho, na praça, perto do apartamento em que moravam. O dia estava comum. O sangue corria acelerado no corpo. Um drible, uma corrida, um encontrão, um abraço, um beijo, as risadas. E Deus, que não se fez de rogado. O Todo-Poderoso mandou a Mané uma mensagem de clareza primária, fazendo com que um pombo lhe cagasse a cabeça. O filho de Mané deu muita risada ao ver o pompom fecal enfeitando a cabeça paterna. O pai olhou para o céu e disse um "vá à merda" muito respeitoso. E sentiu alguma esperança. E não viu razão. E percebeu, mais uma vez, como era besta a sua história. Como era importante a sua história. Como era inacabada e tragicômica. A história. E deu risada, também.

O Homem Objetivo

Logo que entrei na sala, procurei saber do procedimento correto. A pequena máquina estava ali, parindo delicadamente as senhas. Era o terceiro da fila. Pude reparar rapidamente que as duas pessoas que estavam à minha frente eram bem ágeis. A segunda da fila, nem tanto, demorou uns segundos a mais do que o necessário para saber qual dos botões iria apertar. Nada muito grave. Minha vez. Apertei, sem titubear, o botão *outros serviços*. Peguei minha senha, *C333*. O painel eletrônico chamava pela senha *A412* no guichê 7. A senhora da *A412* levantou-se e olhou para os dois lados como alguém que quer atravessar uma rua para saber da localização do guichê 7. Depois de alguns imperdoáveis segundos, descobriu o 7. Eu já sabia da localização de todos os guichês, do 1 ao 12.

Com apenas alguns minutos de sala, eu já havia apreendido todo o procedimento. Minha esperteza, minha cultura, meu vigor e minha objetividade estavam em plena comunhão com a vida. Saber. Orgulho. Poder.

Agora era sentar e esperar pelo chamado da *C333*.

José e Anume

José parecia um anjo.

Longilíneo, ereto, nobre na postura e na vestimenta. Trajava ternos dos mais variados tecidos e cores, formando — com a bengala e o bigode de outra época —, uma figura antiga, porém possível. José gostava de andar a esmo pelas ruas para colher detalhes, apreciar rostos comuns e comer os churros com recheio de doce de leite da velha Zuleica, senhora magistralmente gorda, dona do carrinho de doces da praça. Parava sempre para brincar com o primeiro grupo de crianças que encontrasse. Tinha verdadeira paixão por crianças. Paixão. Pula-cela, amarelinha, futebol, taco, polícia e ladrão, pega-pega, esconde-esconde... e depois de refeita a infância pela correria, presenteava os infantes com saborosíssimos sorvetes. "Valeu, tio Zé!!!" Orientava cegos, não dava esmolas, por princípio, acariciava cachorros vadios, assobiava, dançarolava, sorria e cumprimentava com a maior intimidade a quem passasse por ele. Sempre com elegância na mesura e no andar.

Do trabalho, José Mojica M. Erasmodeo da Silva tomava segura distância, vivendo à custa de sua irmã gêmea, Anume. Todos os sábados, religiosamente, bebia garrafas e garrafas de vinho tinto com seus amigos, sempre na taverna do Alfredo; homem alto, gordo, calvo, suarento e com uma floresta de pêlos que lhe saíam pelo nariz.

Várias cabeças de porco empalhadas lotavam as paredes da taverna, cada uma com um tipo de adereço; cartola, chapéu-coco, quepes, chapeuzinho de enfermeira, boné, gorro, elmos antigos, perucas tipo Luís XV... era uma verdadeira irmandade, com direito a uniforme e brasão. A Irmandade dos Porcos Contentes. Na hora do brinde, um sonoro "óinc!, óinc!" quase sempre seguido pelo som de algum gás orgânico musicalmente emitido por alguma boca ou algum outro orifício mais escondido e fedorento. Era uma gente muito brincalhona aquela. Empanturravam-se de torresmo, leitões assados, lingüiças, tripa; enfim, todas as partes do suíno. Da língua ao pé. O coração do porco era degustado por último, e com muito respeito devido à feroz semelhança com o coração humano. No sabor, um leve azedume salgado e o gosto inevitável do sangue, mesmo que bem-passado. O cheiro, de tão forte, chegava a ser, quase, um fedor. Mas a tenra textura da carne, com seu tempero especial feito por Alfredo, transformavam aquela bomba vermelha num quitute dionisíaco. Tudo acompanhado com muito vinho tinto, gargalhadas, cantoria e suor. A comida gordurosa, farta, e o ambiente com pouca ventilação, acarpetado do chão às paredes, em vermelho, aumentavam em muitos graus a temperatura. Reuniam-se 200 onde caberiam 100. Uma grande mesa de madeira pesada servia de leito para cutelos, ganchos, espetos e facas afiadíssimas de todos os tamanhos. Aguardavam o uso, silenciosas e ávidas.

O uniforme dos Porcos trazia coerência plástica com o ambiente e seu espírito; macacão vermelho de brim, tendo por baixo uma camiseta branca de manga comprida com listras vermelhas horizontais. A roupa contribuía muito para que a gordura da comida e da pele humana se misturassem com o ar viciado da taverna. Na cabeça, um boné com feições de porco. Porcos Contentes: "Limpeza, Justiça e Verdade", era esse o lema. Possuíam um verdadeiro horror pela pobreza por ser ela suja e injusta. E pela mentira. Porcos Contentes: "Limpeza, Justiça e Verdade".

Naquele sábado, exatamente à meia-noite, uma criança aparentando uns 7 anos adentrou pela taverna. Estancou assustada ao ver aquele bando de homens vestidos daquela maneira e cantando, frenéticos, o hino da irmandade, com uma dança que obedecia rigorosamente à mesma coreografia. Os pés batiam no chão com o vigor de um gladiador, uma das mãos segurava a taça de vinho e a outra apertava firmemente os colhões. "Nós somos os Porcos Contentes. Gostamos da carne e do vinho. Limpeza, justiça, verdade. Plantamos no nosso caminho. Aos inimigos, a faca. Aos nossos irmãos, o respeito. Amamos os fortes e os limpos. A guerra é o nosso direito."

Com certeza, a ver pelos trajes, a criança era filho perdido de algum mendigo. Entrara ali, provavelmente, para escapar de uma perseguição policial. Ouviam-se gritos, sirenes, seguidos de pesados trovões.

Ao ver o pequeno na porta da taverna, os Porcos Contentes pararam imediatamente a cantoria e fitaram, todos ao mesmo tempo, aquela carninha suja que soltava meleca pelo nariz. Vapores espessos exalados por corpos, comida e sucos intestinais provocados pela digestão penetraram no nariz do menino, deixando-o levemente tonto. O silêncio chegou a tomar a cor vermelha do lugar. As respirações tornaram-se brutais. Olhos pontiagudos furavam o ar até chegarem ao pequeno ser, que ofegava cada vez mais à medida que o silêncio aumentava. Era possível ouvir o sangue quente dos Porcos latejando por cada milímetro de pele acalorada e suada. Dentes começavam a aparecer. Quatrocentos olhos sangüíneos e transtornados contra pequenos dois. Silêncio. Expectativa. As carninhas tremiam debaixo dos trapos.

Alfredo aproximou-se vagarosamente do menino, passou a mão por detrás do pescocinho magro e segurou-o com delicada firmeza. Olharam-se bem por alguns segundos. Silêncio...

Alfredo perguntou com voz cândida de todos os santos:

— Qual é o seu nome?

Um ruído cortante de metal sendo amolado foi ouvido ao fundo da taverna.

José gostava muito das fitas de cinema e suas lindas histórias de amor, mas não tinha interesse por mulher. Não desgostava, admirava até. Mas não guardava interesse, e não sofria com isso. Não podia ter filhos, sentença dita e confirmada pela querida Anume. "Infelizmente, o exame não mente, meu bom José." A princípio, o grande sofrimento; chegou a pensar em suicídio. E depois, por puro efeito da vida, a conformidade. A única mulher que para ele existia era sua terna irmã gêmea, com quem sempre morara.

Anume tinha 58 anos de idade e um raciocínio azeitado pelo constante exercício do sonho. Mulher imponente, graúda. Os cabelos grossos e negros realçavam seu olhar de águas claras. Tinha carnes milagrosamente duras, provavelmente tonificadas por algum demônio brincalhão. Usava maquiagem com extremo bom gosto, até o batom exageradamente vermelho caía-lhe bem. Tinha olhos verdes, vivos como uma harpia, e a mesma força da ave de rapina. Era desaforadamente sensual. Anume gostava de contar estórias para os 58 anos de José como se 7 ele tivesse. Todas fabricadas por ela, uma melhor do que a outra. Produto dos sonhos. E o homem gostava, como se 7 ele tivesse. Não era néscio, sabia ter várias idades.

Anume dominava todo tipo de cálculos matemáticos, lia os jornais mais importantes todos os santos dias e administrava a fortuna que tinha no banco, com astúcia e cautela. Além do talento mental, a mulher possuía muitas habilidades manuais. Pintava telas, cozinhava quitutes de robusto sabor, bordava, costurava... fazia tudo com tremenda obsessão medieval. E quando percebia ter uma boa quantidade de produtos, chamava algumas amigas e fazia um bazar beneficente. Os enfermos tinham verdadeira adoração por ela. Era voluntária em vários hospitais. José olhava, oferecia uma leve ajuda e elogiava. A irmã beijava sua testa. "Essa Anume...", pensava José, com admiração.

Anume quis, a todo custo, moldar a pequena família a seu modo. Tinha personalidade e hormônios para isso. Nunca suportou burrice, mediocridade e falta de ambição, elementos que sobravam em seus pais e nos dois tios vagabundos que viviam como chupins dentro da casa. A pequena tribo portava uma linhagem nobre no sangue, européia. Estavam acostumados a um linguajar castiço desde muito pequenos — hábito mais teatral do que necessário, iniciado pelos bisavós. Eram de uma aristocracia gasta e modorrenta. O único que dava mostras de movimento era José, o escolhido. O irmão tinha verdadeiro fascínio pela pintura e se dedicava, por horas a fio, a copiar os quadros de Modigliani — belos rostos oblongos e toda a sua deformidade nobre e fantasmagórica.

Anume amava a dedicação do irmão à pintura. Um gênio! José será um gênio! Porém, o vaticínio de Anume estava demorando a acontecer. Quando criança, a cópia. Quando adolescente, a cópia. Quando adulto, a cópia. De disciplina, a repetição passou a ser um medíocre vício. "Calma, Anume, os japoneses demoraram anos e anos para subir ao palco." "Nós não somos japoneses, José. E tu não estás pleiteando ser ator do teatro Nô."

Mas o tempo e sua pintura sem técnica fizeram com que os gêmeos se entendessem. José copiava e bebia como um porco, mas não desistia da idéia de se tornar um grande pintor. Por sua vez, Anume enganou toda a sua inteligência e aprisionou-se dentro da sua fé. José será um gênio!!!

Porém — e sempre o maldito "porém" ou "mas" —, a repulsa aos outros parentes foi crescendo e tomando formas assustadoras. Seus pais e seus tios, ou assistiam televisão, inebriados, ou passavam milênios à mesa jogando pôquer, fazendo apostas com feijões (detalhe que provocava em Anume um asco fora do normal). O dinheiro do sustento familiar vinha do banco. Ponto. O "ponto" sempre intrigou Anume. Somente depois de muitos anos a bela veio a descobrir onde eram cunhadas aquelas sujas moedas. O fato é que todas as atitudes dos parentes, afora o eleito José, causavam-lhe uma sólida repulsa. Seus pais e seus tios comiam educadamente, com sobriedade; mesmo assim a visão das bocas flácidas mastigando a comida era insuportável. Era horrendo ver as bocas se abrindo para receber uma porção de comida, sempre conseguindo flagrar um fio de baba ligando os lábios enrugados. O ódio e o nojo chegaram ao ápice quando, pela primeira vez, sua mãe não conseguiu conter os gases durante o jantar e soltou um sonoro peido, seguido de um odor de carniça. Pela primeira vez, também, Anume pensou na palavra *peido*, e ficou com ódio dela mesma. Era necessário dar um fim à impureza o mais rápido possível.

Foi em algum Natal que Anume matou todos os seus familiares com um tipo de veneno raríssimo, pesquisado e fabricado por ela. Adorou ver as vítimas enfrentando, desesperadas, a baba verde da morte. Quanto mais estrebuchavam e esbugalhavam os olhos com o mais puro terror, mais ela gostava. "Pelo menos nessa hora esses beócios lutam", pensava ela. Chegou a deixar os cadáveres dias a fio na casa só para poder sentir o pútrido cheiro da ausência. O cheiro... único sinal concreto de existência daquela gente sem quilate. Estavam todos muito bem emparedados no porão da casa, os poucos e desinteressantes parentes; não foram necessários muitos tijolos, mesmo assim, o gêmeo teve trabalho para todos os músculos. Foi recompensado com justo soldo. "Essa Anume...", José nunca contou nada a ninguém porque não era néscio e sabia ter todas as idades.

Depois de ter despertado às 11 horas, como de costume, José foi ao banheiro e se limpou muitíssimo bem, chegando quase a se desinfetar. Ensinamentos da irmã. "Essa Anume...", o gêmeo ensaboava seu sexo. Uma lembrança foi chegando devagar como uma serpe. Devia ter uns 14 anos. Estava no banho e esquecera de trancar a porta. Os hormônios faziam um efeito devastador. Quando José se deu conta, a imagem de uma mulher de formas carnudas e quentes tomava conta de todo o seu desejo. Seu sexo duro latejava e pedia, com desespero, um toque firme e ritmado. José entregou-se com lascívia à masturbação. Estava debaixo do chuveiro quente, de costas para a porta do banheiro. A cortina de plástico transparente e o abundante vapor não cobriam a visão daquelas nádegas contraídas, daquele jovem corpo bem-talhado, daquele tremor de fauno. José sentiu uma presença próximo às suas costas. Sentiu um medo que quase o paralisou. Não teve coragem de olhar, sua nuca parecia estar petrificada. Um arrepio medonho escalou pela sua coluna, a excitação aumentou, e o medo também. Parou de se masturbar por alguns segundos, mas uma ordem abissal fez com que José voltasse ao inferno. Retomou a volúpia, mas o ritmo ficou mais lento, em horrenda comunhão com o medo. A respiração às suas costas era cada vez maior, quase um pedido. De tão duro, o membro de José chegava a doer. Teve a sensação de ter ouvido um pequeno sorriso. Mais um tremor tomou conta do seu corpo. O terror aumentou. Um gemido de súplica parecia dizer a José que continuasse. José retomou o ritmo frenético impulsionado por algum vento negro. O pavor o ajudava. José ouviu um riso abafado, animalesco. Mais medo. A cabeça vermelha do seu membro duro e grosso estava prestes a entrar em erupção. A respiração às suas costas era cada vez mais alta, o gemido assumia uma forma leitosa e lúbrica. A excitação e o terror de José chegaram ao auge quando começou a sentir uma língua penetrando por entre suas nádegas musculosas até chegar com firmeza ao seu ânus. Dois urros de prazer tomaram formas de demônios antigos. Deus também estava lá, com a morte, com a vida, com os faunos e com as carnes exauridas e profundamente humanas.

José desabou no chão do boxe, ainda de costas para o outro gozo. Já sabia quem era. Para confirmar, foi virando lentamente o rosto. Quis retardar o inevitável encontro e fechou o olhar por pequeno tempo. Pensou no céu azul com suas muitas nuvens brancas. Pensou num peixe muito grande e no seu bailado harmônico com o vasto oceano. Uma tranqüilidade de todo o tamanho quase fez José desobedecer à lei da gravidade. O olhar foi abrindo, calmo e aliviado, até encarar, sem nenhum pudor, Anume, envolta numa delicada vestimenta de vapor. Nua, linda, jovem, ofegante, e com cadela nos olhos. Entregue. José espalmou a mão em direção a Anume e mostrou-lhe o seu leite. Anume sorriu como uma santa, aproximou seu rosto da mão do irmão e lambeu-lhe a palma abençoada. Foi a primeira vez.

"Essa Anume..."

O sexo era freqüente entre os amantes, gostavam muito de toda e qualquer forma de fornicação. Nem mesmo o tempo foi capaz de arrefecer os ímpetos carnais daqueles, sempre jovens, enamorados.

Naquele sábado, Anume dava os últimos retoques na maquiagem enquanto José procurava alguma coisa pelas gavetas do armário da sala.

— José...

— O que foi?

— Vais à taverna hoje?

— Evidente.

— Eu gostaria tanto de conhecer...

— Eu acho tão engraçada essa sua mistura de estilos. Muito pior do que a minha — disse José, quase a si mesmo, enquanto abria e fechava gavetas.

— Que foi que você disse?

— Nada, nada... Anume, é proibida a entrada de mulheres. Você sabe disso.

— Eu acho canhestra qualquer proibição em relação às mulheres, ridículo. Vou ao médico e só volto à noite. Leve agasalho hoje, quando fores à taverna, a previsão do tempo não falha.

— Está bem, não se preocupe. Antes que eu me esqueça, aquele banqueiro grego ligou... como é mesmo o nome dele?...

— Constantino.

— Óbvio. Ele está aqui no nosso abençoado país e me pediu a Lúbia por uma semana. Só pode ser ela. Nada de brancas.

— Fique descansado, eu ligo e resolvo. Antes que eu me esqueça, você já deu o remédio para o Ed e para o Wood?

— Já.

— Perfeito. Semana que vem eu vou levá-los ao veterinário. É a última vacina, graças a Deus.

— Anume, você, por acaso, viu o meu cartão de crédito?

— Não... já procurou no quarto, em algum bolso, no escritório?... Bem, estou atrasada. Como estou?

— Linda.

— Meu anjo... Até.

— Anume.

— Sim.

— Eu te amo.

— Eu também te amo, José.

Anume saiu depois do som do beijo, e José foi até o escritório procurar o seu American. Chegando lá, reparou no livro de capa dura sobre a mesa. Que livro era aquele? Belíssimo, grande, grosso. A capa de couro negro trabalhada com arabescos feitos com fios de ouro continha a seguinte inscrição: *Diário de Anume.* Muitos cabelos negros estavam espalhados sobre o volume preto e dourado. "Ela anda perdendo muitos cabelos...", nunca havia visto o tal livro. A porta do armário estava aberta, provavelmente a mulher esquecera-o ali. "A curiosidade matou o gato, mas eu não sou um gato", pensou José. Riu do seu pensamento pífio e colocou-se a ler algumas páginas do diário.

... Infelizmente, José saiu-me gauche, *medíocre e bruto como toda a família. Esperei assaz tempo, mais do que mo permitiu o nobre sonho. As Parcas ordenam, morte ao sangue irmão!...*

Este fora o trecho mais avassalador. Antes dele, José soube do filho que Anume tirara à força do ventre. *Não vou dividir José com ninguém!* As palavras foram escritas com força. A letra "J" havia perfurado a página. "Mentira! Eu podia ter filhos! Essa Anume...", pensou José, com ódio escarnado. Descobriu ser falso o exame médico. *José será só meu.* Descobriu em Anume uma feiticeira. Uma montanha de receitas mágicas habitavam o livro, misturadas a desenhos tenebrosos de insetos, folhas e pedaços humanos. Descobriu o plano ardiloso para ludibriar os vizinhos. Maquiavélico, perfeito. Nenhum vizinho jamais questionaria o sumiço da pequena família depois do que acabara de ler. José se lembrou das palavras da irmã: "Não diga nada, deixe que eu cuido disso. Saia em viagem e demore um ano fora. Depois volte, tudo ficará bem." Continuou a folhear, e leu, com toda a atenção, as descrições minuciosas das muitas relações sexuais praticadas durante anos, e começou a se masturbar. Anume era o cérebro absoluto da família. Era fácil a manipulação, a mentira, a persuasão. "Matar um bebê?!?", pensou José, indignado. — E ainda por cima meu filho!!! Essa Anume... — disse com os dentes cerrados, enquanto continuava com o falo duro na mão. — Quando foi mesmo que ela matou a família? Em que Natal? Em que ano? Eu sou longilíneo, ereto e como churros com recheio de doce de leite. E o que mais?!? O que mais?!? Qual era a profissão do meu pai? Quantos anos eu tinha? Como foi que ela conseguiu matar o meu filho sem que eu soubesse? Mentirosa!!! Minha alma deve estar aqui, entre essas páginas. É só procurar direitinho. Mentirosa!!! Eu fiquei deprimido porque eu não podia ter filhos e porque eu jamais seria um grande pintor. Isso, isso. Então é isso. Desgraçada!!! Sábado eu vou ver meus amigos. Vou colocar o meu uniforme e vou me divertir a valer. Isso, isso. Desgraçada!!! Queres a minha morte, sua cadela?!? Queres a minha morte?!? — Urrava e folheava com desespero as páginas do diário em busca das respostas, mas não conseguiu achar nenhuma. A masturbação acelerava juntamente com a angústia. — Onde está?!? Isso, isso... então tá... Você não vai conseguir que eu bata com a cabeça na parede!!! Ouviu, sua puta?!? — Folheou mais, achou desenhos obscenos de mulheres com bestas. — Onde está?!? Olha aqui o meu caralho duro, Anume, ele é só seu!!! — A loucura do gêmeo já não apresentava nenhum sinal de dissimulação, era pura. Existia com força, naquela hora. — Não diga, sério?!? Mentirosa!!! Mil vezes mentirosa!!! — A lava quente estava prestes a tomar os ares. *Me agrada muito servir-lhe de potra. José, meu cavalo. Onde está?!?* — Por que ela faz essas coisas?!? Por que ela faz essas coisas?!? Por quê?!? — Um último urro ecoou pela casa. Mentirosa!!! — Seu leite emporcalhou o diário.

A busca e a masturbação deixaram José exausto, porém o ódio tomou um lugar definitivo dentro do seu corpo.

Transtornado, o pobre ligou a televisão, abandonou o corpo fatigado na poltrona, jogou os pés no pufe xadrez e começou a ver um programa sobre a guerra. Torres caindo, gente gritando, gente rezando com a cabeça no chão, crianças mortas, luzes pela noite, explosões... não resistiu muito tempo. Sentiu um tédio ancestral e desligou o aparelho. Optou pela música. Pegou um CD, ligou-o e começou a ouvir *Also sprach Zarathustra*; quase sorriu. Uma idéia foi se formando, lenta como o caminho de um doce perfume, e José sorriu inteiro. Ao final da música, José já se encontrava junto ao telefone preto e antigo.

— Alô, aqui quem fala é José. Por gentileza, eu gostaria de falar com o Alfredo.

* * *

Anume estava animadíssima, colocara seu vestido de seda vermelho com estampa colorida em azul e um chapéu amarelo de grandes abas, ornado com um laço azul-turquesa. Meias finas e um sapato azul com salto baixo. Um lenço branco de seda, com leve estampa vermelha, cobria-lhe os ombros e os braços. Estava muito elegante dentro da sua extravagância. E feliz como uma cachorra que vai passear com o seu dono.

José havia conseguido uma autorização especial para que Anume pudesse conhecer a taverna do Alfredo.

— Estou tremendamente ansiosa.

— Não vejo o porquê. Coisa sem cabimento.

— Obrigada.

— Mas o que é isso? Por que o pranto? É um lugar alegre, você vai ver.

Anume enxugou suas lágrimas com um lenço tirado da sua bolsa de crocodilo e olhou — por um tempo novo em folha — bem nos olhos de José.

— O que foi?

A mulher se aproximou do seu homem e começou a lamber a boca masculina com um desejo de mil fêmeas. Uma das mãos acariciava o membro duro enquanto a outra desabotoava as calças do irmão amante. De joelhos perante seu macho, Anume deu início à oração muda, profana e carnal. Rodeava com sua língua hábil a cabeça inchada do falo vermelho, desejoso de gozo. As veias do pescoço forte de José, de tão dilatadas, pareciam que iam estourar. Com a cabeça vermelha na boca, Anume mostrava destreza e lascívia. Olhava nos olhos de José, ainda com o falo entre os lábios, e sorria como uma vadia. Nessa hora, José sentia-se amigo de todas as mortes. Depois de um tempo dominado exclusivamente por Anume, um jato de esperma inundou-lhe a garganta. Não desperdiçou uma só gota. José ejaculou no mais profundo silêncio.

— Pronto, agora podemos ir — disse Anume, depois de limpar os cantos da boca, serelepe como uma moçoila.

José e Anume foram recepcionados na taverna por uma escuridão do início dos tempos. Anume podia sentir a presença dos Porcos pela respiração, pareciam ser muitos. Sentiu um *frisson* temperado a medo e prazer. Não conseguia ver absolutamente nada. De mãos dadas com José, Anume podia sentir — além das ruidosas respirações — a alta temperatura do lugar, um forte cheiro de vinho e as mãos suadas do irmão. Gotas de suor começavam a escorrer pelo rosto de José, suas mãos tremiam. Um beijo de carinho dado por Anume acalmou o irmão. O pobre emitiu um som misturado de alívio e sorriso. Anume amava José. Entre as trevas, Anume encostou sua boca no ouvido do irmão. — Eu te amo, José. — Entre as trevas, José encostou sua boca no ouvido da irmã. — Eu te amo, Anume. — Entre as trevas, lembranças desenhavam a saudade. O amor era real desde o ventre, antes mesmo do formato humano, anterior ao primeiro escuro. Anume e José carregavam o destino do amor. A luz parecia ter fugido em direção celeste para sempre. De repente, uma centena de tochas iluminou a taverna quase ao mesmo tempo. Os Porcos Contentes seguravam a luz fabricada no mais absoluto silêncio. Os olhares eram retos, e o sorriso, assustadoramente infantil. José e Anume estavam no centro de uma grande roda. O abismo deu lugar ao som dos pés batendo no chão com vigor e ao ritmo de tambores antigos. Anume não parecia estar assustada, pelo contrário, tinha atitudes de mártir. Digna, desafiadora, superior. O ritmo começava a acelerar aos poucos. Os Porcos emitiam horrendos sons guturais, e seus corpos já estavam completamente empapados de suor. Alfredo dirigiu-se a Anume e rasgou-lhe as roupas com muita violência, deixando-a nua e só, no centro da roda. José já se encontrava ao lado dos irmãos. Foram capazes de sorrir um para o outro. As batidas cessaram e o silêncio se fez presente novamente.

O espanto estampado na cara dos Porcos Contentes era evidente. Tinham à sua frente uma mulher de 58 anos com um corpo enfeitiçado de jovem donzela. Coxas musculosas de guerreira. Nádegas fartas e curvas perfeitas. Seios rígidos. E cabelos longos e negros como os de uma entidade. Anume começou a gargalhar como uma bruxa, as batidas retomaram o seu vigor e os Porcos ficavam cada vez mais alucinados. A histeria tomou conta daquele naco de vida. Gritos, palmas, urros, a gargalhada de Anume, o sorriso de anjo decaído de José, o calor e os membros eretos dos Porcos à mostra. O circo cinzento que deformava a taverna denunciava a ausência do céu e do inferno. Um par de pesadas correntes caiu do teto quase sobre a cabeça de Anume. A bruxa silenciou com o susto. O ritmo aumentava juntamente com a temperatura. Alfredo derrubou Anume no chão com uma forte bofetada e acorrentou seus pés. A fêmea começou a ser içada até ficar pendurada de cabeça para baixo no centro da taverna. Silêncio.

José caminhou até o centro da roda e beijou os olhos da amada que se encontrava estranhamente plácida.

— Eu deixei o diário sobre a mesa de propósito, José.

— Qual o motivo?

— Eu estou desenganada. Trago um tumor nos intestinos. Não quero morrer numa cama de hospital, nem em casa como uma inválida. A quimioterapia começa a desfazer o meu belo desenho. É nojento, inadmissível. Eu quero uma morte inesquecível. Tudo que você leu no diário é verdade, menos a vontade da sua morte. Eu jamais mataria a pessoa que eu mais amei em toda a minha vida.

— Por que é que eu deveria acreditar em você?

— Tu não deves acreditar em mim.

— Acredito.

— Quem vai me matar? Espero que seja você.

— Eu.

— Como? Onde vai ficar o meu corpo?

— O golpe será certeiro, não se preocupe, eu tenho muita experiência. Você vai levar um susto, só isso. Depois de quebrar o seu crânio com a pancada, cortaremos a sua cabeça, recolheremos o seu sangue e o seu corpo, e o jogaremos aos porcos da chácara do Alfredo. Os ossos serão moídos. A sua cabeça será descarnada, e o recheio, retirado. Ela será coberta com uma cabeça de porco e pendurada na parede, onde já se encontram muitos sujos, muitos injustos e muitos mentirosos. O chapéu que você trouxe é muito engraçado. Vai realçar na parede vermelha.

— Ainda com ódio de mim, José?

— Não estou mais.

— Eu quero o derradeiro beijo.

As bocas uniram-se com sofreguidão e verdade.

Um ruído cortante de metal sendo amolado foi ouvido ao fundo da taverna.

No dia seguinte, José, vestindo suas atitudes de anjo, degustava o seu churro com recheio de doce de leite, sentado no banco da praça. Ao longe avistou um grupo de crianças que acabava de sair do colégio e fez um alegre aceno. Foi correspondido com gritos, corridas alegres.

— Tem sorvete hoje, tio Zé?

— Pega-pega, esconde-esconde, pula-cela, polícia e ladrão, amarelinha, futebol, taco...

— Valeu, tio Zé, até amanhã!

Depois de refeita a infância pela correria, José sentou-se novamente no banco da praça e foi logo abordado por um menino que aparentava uns 7 anos. O minimendigo não disse uma só palavra, apenas estendeu-lhe a mão automática. A meleca estava gorda, vistosa.

— Quantos anos você tem?

— Sei não.

— Você mora onde?

— Na rua.

— E seus pais?

— Sei não.

— Qual é o seu nome, moleque?

— José.

— Óbvio.

— Hein?

— Nada. Sábado à noite eu vou te levar para um parque de diversões, você quer ir? Vou te esperar aqui até as 6 da tarde, está bem?

— Tá.

Ficaram os dois, sentados no banco da praça por longo tempo, a olhar o azul do céu. De repente, o menino desatou a rir uma gargalhada bem maior do que ele.

E José não conseguiu saber por quê.

Um Bilhete para Mary

Maria, vou te batizar com um apelido: Mary.

Acabei de dar corda na caixa de música, e a bailarina dança. É sua. É o meu presente de bailado pequeno e curvo. As pernas da bailarina desenham um movimento frenético, mesmo assim consigo ver um amor humano e calmo no seu coração fabricado.

No meu coração humano, de amor fabricado, vejo a necessidade de te colocar um apelido para te aproximar, para te dar um formato que eu compreenda e goste. Egoísmo? Talvez. Com certeza, efeito de muito defeito e desejo de beijar teus caminhos.

Mary, entenda o meu vigor masculino, perdoe a minha gentileza de bárbaro e aceite este presente. O coração dos homens é plural e incorreto. Eu sei que meu monstro inábil desabará dócil quando teu rosto de mulher recostar no meu peito. Meu monstro antigo e voraz acordará quando tua boca de lábios inchados de sangue e prazer entreabrir, maliciosa. E depois dos beijos, das asas, depois do corpo e da guerra — quero a louca vertigem revigorada de vinho. Quero te ver sorrindo, agradecida. Quero esquecer o pensamento e, com ele, a tormenta, a dança, a gargalhada, a desordem, as manchas... Quero a vida acontecendo com a gente.

Aceite este presente dado com ansiedade, pouco cuidado, mas com muito amor.

Mary, eu quero te namorar.

A Gargalhada de Ariosto
[Conto abortado pela alegria]

Ariosto mantinha uma relação didática e óbvia com o seu nome. Óculos de armação pesada e negra, personalidade férrea que não conhecia nenhuma possibilidade de alívio e cabelo sempre curto à moda escovinha. O cabelo havia desistido de cair, mas continuava a lembrar ao homem que o tempo passa e é branco. Tempo. Branco.

Tinha 1,78m. Dos quilos carregava 80 bem distribuídos e sustentados por ossos largos e eternos. Paletós pretos, calças pretas, camisas brancas, gravatas pretas e sapatos pretos. Setenta invernos. Era ele, de fato, um Ariosto. O triste Ariosto.

O pobre de rotina rígida era proibido, por uma estúpida química, de gargalhar. Sequer podia fazer tremer seu poderoso corpo com uma risada mais leve, o tremor faria com que seus vasos sangüíneos se rebelassem contra ele, explodindo e levando-o à morte. Era portador de uma doença não catalogada que dizimara a todos os seus. E, por não ter filhos, nem parentes, era ele o último representante da dinastia dos que não tinham direito a uma larga risada.

"Doença forçada, ridícula, fantasiosa!!!", pensava o pobre quando jovem. Agora, não pensava nada. Limitava-se, apenas, a sorrir com todo o cuidado.

Sete horas da manhã. Hora de acordar depois de uma noite de muito sonho. Um copo de água o aguardava ao lado da cama, sobre a mesinha-de-cabeceira. O calmante, também. Desafiou o remédio com um sorriso vitorioso. E não tomou.

Ariosto sentou-se na cama e enfiou os pés nos chinelos milimetricamente colocados na mesma posição de sempre. Fez o sinal-da-cruz — como era próprio de todo Ariosto — e olhou novamente para o remédio. Não tomou, e mais uma vez sorriu com muito cuidado.

Depois do habitual pai-nosso, o banho sempre frio. E depois do habitual banho, sempre frio — já todo paramentado com seu terno preto —, Ariosto saiu de sua pequena, própria, geminada e arrumada casa.

— Bom-dia, Manoel.

— O de sempre, Ariosto?

Deram um pequeno sorriso de velha cumplicidade. Demoraram alguns segundos no olhar, e uma diferente melancolia reinou absoluta por todo o boteco. Um tempo rápido. Sem tragédia. Sem nada. Pão com manteiga na chapa e um café com leite sobre o balcão.

— Daqui a pouco eu vou ter que ligar a televisão, não tem jeito, Ariosto.

— O que é que se pode fazer, Manoel? O que é que se pode fazer?

Ariosto estava modificado. Compreensivo e jovem. Apaixonado por Eulália, que exibia feições de Eulália, e comportamento, quase, de Eulália, pois sua extroversão e desmedida alegria não combinavam com o nome. Mas o rosto redondo e rosado combinava. Muita altura e corpo graúdo. O coque era *perfetto!!!*, diria um diretor de cinema italiano. Os vestidos que usava, apesar de floridos, portavam a discrição própria das Eulálias. Antigas, serenas e sábias. Eulálias. Uma combinação atômica de letras. Combinação celeste. A piada das fiandeiras do destino. Ariosto e Eulália. *Perfetto!!!*

— Perfeita...

— Quem é perfeita, Ariosto?

— Eu estava pensando alto. O pessoal está começando a chegar, Manoel. É bom se preparar, hoje vai ser aquela gritaria.

— Quem é perfeita, homem de Deus?

Ariosto não conheceu Eulália em um clube de solteiros ou em alguma agência de casamentos, como era de se esperar por serem eles das espécies dos Ariostos e das Eulálias. Conheceram-se na rua. Conheceram-se no encontrão do mundo. Ontem de manhã. No esbarro da rima muito pobre do cinema americano. O pão caiu.

— Desculpe, senhora.

— Não foi nada.

— Por favor, eu apanho, fique tranqüila.

— Não se preocupe.

— Eu sou um desastrado.

— Isso acontece, que bobagem.

— Eu estava distraído.

— Eu ajudo.

Os olhos, sempre mais fortes do que os olhares, cruzaram-se quase rente ao chão. Estavam ajoelhados. Cada um com um pão na mão (tipo bengala), o que dava um certo tom patético à cena. Seguravam o pão pela ponta. Compridos como espadas, os pães apontavam curvos para o chão, enquanto os olhos reconheciam, sem nenhuma dificuldade, o carinho de Deus.

As mãos de muita vida se uniram para a ajuda. Ficaram de pé, sem disfarçar a dor nas juntas, e sorriram delicadamente para a vida.

— Qual é a sua graça?

Sentaram-se no banco da praça, onde vivia o coreto, a árvore centenária, o realejo e muitos pombos. Ariosto sentiu toda a vitalidade e extrema alegria de Eulália, e sentiu um justo medo. Mas não contou a ela o seu doente segredo. A jovem senhora, que era só como ele, percebeu o medo de Ariosto e sorriu nos seus internos. Os mares de Eulália conheciam os segredos dos homens. Beijou muitos quando jovem; a jovem Lali, que precocemente conheceu o amor e o seu verbo.

Conversaram até a lua.

— É aqui perto.

— Eu a acompanho.

— Quanta gentileza.

— É um prazer.

— Boa-noite.

— Até amanhã.

Um meneio de cabeça e um pequeno sorriso com olhos baixos marcaram a breve despedida. Ariosto e Eulália. O carinho de Deus.

— E você vai ver a amada hoje, Ariosto?

— Amada... se eu pudesse...

— Você pode tudo, Ariosto, só não pode rir.

— Pois é, Manoel. E é o que ela mais gosta de fazer.

"Mundo forçado, ridículo, fantasioso!!!" O pensamento raivoso refez uma breve juventude em Ariosto. Mas passou logo.

— Tenta, Ariosto, tenta. Ou você vai pagar pra ter mulher a vida inteira? E olha que ela já está no final, Ariosto. Você é um homem forte, mas a vida passa. Dinheiro de herança também acaba. Eu sei que é muito, mas acaba.

— Eu tenho o meu trabalho, Manoel, sou professor. Não preciso de muito para viver. Eu não tenho gastos. Vivo do meu salário, não da minha herança. Eu estou no fim, Manoel. E ela é tão alegre, tão risonha...

— Fim coisa nenhuma! Você parece Zeus! Gostou dessa? Zeus!!! Estou pra ver velho mais forte do que você, Ariosto. Lembra quando você colocou aqueles dois marmanjos cheios de cachaça na cabeça pra fora do bar, na porrada? Zeus! É isso que você é, Ariosto, Zeus! E ainda por cima come a mulherada lá da Casa Vermelha. Você sabe que a Waleska, volta e meia, passa por aqui pra comprar o cigarrinho dela, não sabe? Sabe sim, velho safado. Tá rindo, né? Devagarzinho, mas tá rindo. Então... ela andou me contando umas coisinhas sobre você... é... você não dá moleza na cama, não é? Foi o que ela me disse. Disse que você é o maior garanhão. Tenho o maior orgulho de você, Ariosto. Ainda por cima é meu freguês, e é Zeus. Zeus!!!

Ariosto não ouviu uma só palavra. Olhava fixamente para o copo de café com leite enquanto mexia com uma pequena colher o líquido já frio. Pensava no calor de Eulália. Calidez... cálido... califa... festa... música... dança... gostava de pensar nas palavras e escolhê-las. Desta vez, para Eulália, para a paixão fulminante detonada por alguma entidade mais telúrica do que celeste. Qual delas? Ele poderia checar isso facilmente, afinal era Zeus. Ariosto se divertiu com seu mágico pensar e esboçou, mais uma vez, seu cuidoso sorriso. Mágico... necromante... feiticeiro... bruxo...

— Oh! antigo sacerdote zoroástrico, eu te rogo!!! Cura-me com minhas palavras para que eu possa amar Eulália. Para que eu possa rir com ela a gargalhada assombrosa dos vivos! Eu te rogo... eu te rogo... eu te rogo...

— O que é isso, criatura?! Falando com o copo?

— Eu estava pensando alto. Como vai?

— Feliz da vida e uniformizado! E tu, nobre Ariosto, como estás?

Ariosto nutria por mim uma profunda antipatia. Por ser eu um criativo *clown* e por ter exercido outras funções, que, para Ariosto, não conjuminavam. Quais sejam: cunicultor, escritor, vendedor de eletrodomésticos e datilógrafo diplomado. Faltou ser modelo e manequim. "Pois é, Ariosto, quem mandou ser gordo quando jovem?" A antipatia era causada também pelo meu cinismo, ainda que *light*, e por acreditar, paradoxalmente, em vários deuses e num único Deus. Sempre gostei de estudar religião, conheço várias, apesar de não praticar nenhuma. Prefiro o meu ritual inventado com pedras, fogo e rios; e minha inabalável fé. Cansamos de discutir sobre isso, e Ariosto, mais letrado e muito mais experiente do que eu, sempre vencia a discussão com seus argumentos de doutor em Teologia. Mesmo assim, Ariosto nunca conseguiu vencer a minha acidez e o meu humor de criança que, por ser criança, é mais direto e cruel.

— Criatura (ele odiava ser chamado assim), o único problema do homem, o único, veja bem, é o medo da morte. Não é o medo de não ter dinheiro no fim do mês pra pagar o aluguel, ou o carnê da máquina de lavar roupa... não é o medo de perder a pessoa amada... não existe outra angústia, a não ser esta: o medo da morte. Por causa do medo da morte o homem é capaz de maravilhas, como o Genoma, a Internet, a cura de doenças, a escova de dentes, o papel higiênico e outras tantas descobertas e invenções fantásticas. Por causa do medo da morte o homem conquista e faz a guerra. E mata!!! Mata para tentar ser amigo da morte e do seu poder. Sempre a conquista para perpetuar alguma coisa. Perpetuar. Coisa. Que coisa, meu Deus? Me diz, Ariosto? O óvulo está vivo, o esperma também. Uma fração de segundo, logo que eles se fundem, eles morrem pra nascer o embrião. Morte e vida juntos. Eros e Tânatos. E Deus, o que acha disso? Me diz, Ariosto?

Tinha plena convicção de que meus argumentos seriam postos por água abaixo com um simples sorriso de Ariosto, ou, quando muito, complementados com brilhantismo e sutileza. Mesmo porque eu não acreditava direito neles. Eu gostava de ouvir Ariosto falar, era a inteligência na sua forma mais brutal e bela. Ele falava, e eu ouvia.

O fato é que eu perdi completamente o encanto por Ariosto quando descobri que ele era portador de uma estúpida doença que não lhe permitia uma deliciosa gargalhada sequer. Perdi o encanto, o que é que eu posso fazer? Acontece. E o pior é que eu ouvi toda a história sobre a tal da Eulália, que era alegre e que gostava de rir. Tenha a santa paciência! Eu estava no boteco fazia tempo, e nem o Manoel nem o Ariosto tinham notado a minha presença. Muita gente começava a tomar os seus lugares.

— Olha, criatura, você vai me desculpar, mas eu ouvi tudo o que você falou pro Manoel e me permiti imaginar uma cena. Vício de profissão, sabe como é que é...

— E qual foi a cena que o grande criador imaginou?

Ariosto disse a frase com desafio e premonição. Nos conhecíamos bem.

— Ariosto e Eulália, *perfetto!!!* Os nomes já combinam, são ótimos, sonoros, quase arquetípicos (exagerei de propósito). Muito bem, a paixão fulminante leva Ariosto e Eulália ao altar. Lua-de-mel ardente apesar da idade avançada dos cônjuges. O sexo é praticado com freqüência quase juvenil, mas os orgasmos e as voluptuosas risadas de Eulália vão inibindo, pouco a pouco, o triste Ariosto. O tempo passa e Eulália, por solidariedade feminina e gigante amor, renuncia às risadas, às festas, às piadas, às cores e, aos poucos, vai se tornando uma pessoa opaca, meticulosa e sem viço. Começa a definhar e morre da mais pura tristeza. Ariosto, por amor, pede a Manoel que lhe conte uma piada ao pé da tumba da amada e gargalha com fúria, parecendo mais uma besta-fera do que gente. Gargalha e vocifera seu amor por Eulália. As pessoas de preto ficam atônitas, hirtas. Ariosto cospe sangue pela boca. O sangue domina seus poros, seus olhos, seus buracos e fecunda a terra, a moradia imunda dos malditos vermes que já começaram seu pútrido banquete nos olhos de Eulália. Ariosto, todo ensangüentado, treme e gargalha para a morte, para ir ao encontro da amada, ao som de *Carmina Burana* (escolhi aquela parte mais famosa da música que geralmente é usada para acompanhar rituais satânicos — só para sacanear ainda mais). Cruel, poético, forte, operístico! *Perfetto!!!*

Ariosto só não me deu uma porrada porque o Ericjan, palmeirense de carteirinha, anunciou a entrada dos jogadores. O boteco estava lotado. Fogos de artifício explodiam a fantasia e anunciavam a realidade poética de uma final. As explosões desenhavam a alegria de viver e torcer por alguma vitória real, ainda que passageira. Fogos e cores no céu, a voz de Zeus fabricada pelo operário nosso de cada dia. Retumba no céu a voz divina e as cores fugidias. Obrigado, antigo sacerdote zoroástrico! Alegria! Alegria! Alegria! Era hora do hino. Do hino mais bonito do mundo. O hino do Brasil.

Com o fundo musical do mais belo hino do mundo, olhei para Ariosto com olhos de perdão. Eu quis muito me envolver e me preocupar com a sua história, meu nobre amigo, mas não consegui. Sua história é muito maior do que a minha inteligência. Fui incapaz de compreender a sua alma, o seu desejo e o seu amor. Ariosto, eu não consegui e te peço sinceras desculpas. A ironia, muitas vezes, serve para acovardar a surpresa e esfarela qualquer filigrana. Eu aterrei um rio de águas velozes com o meu deboche porque fui incompetente. A verdade é essa. Mas eu não estou triste, Ariosto, acredite. Acontece! Eu estou feliz porque o Brasil pode ser penta! Mais um motivo. Real. Forte. Brasileiro. Olha só a minha amarelinha, quatro estrelas. Ariosto, meu filho estava na barriga da minha mulher quando o Brasil foi tetra. E agora ele vai poder ver o Brasil ser penta! Porra! Eu quero ver o meu filho feliz, a minha mulher feliz, o meu povo feliz! É só nisso que eu consigo pensar, Ariosto, desculpa.

"... Pátria amada, Brasiiiiiil..."

Estávamos abraçados e aos prantos. Eu e Ariosto. O abraço deu lugar à tensão assim que o juiz apitou o início do jogo. Ariosto se escangalhou de rir quando viu o novo corte de cabelo do atacante (um topete medonho) e morreu pela primeira vez. Eulália apareceu no boteco para ver o jogo e cochichou no ouvido de Ariosto que não queria se casar nunca mais. E convidou Ariosto para irem, depois do jogo, à casa dela para fazerem um amorzinho bem gostoso. Ariosto deu uma mordiscada na orelha da velha e, em seguida, soltou uma gostosa gargalhada. Morreu de novo. Manoel faturava alto com a moçada.

Alegria!!!

Mil gols do Brasil contra as Alemanhas dos mundos inteiros. Estávamos todos bêbados na escrita e na alegria. Ariosto morreu mil vezes entre abraços, gargalhadas, cervejas, pulos, gritos, cornetas. E a vitória da vida chegou depois de noventa minutos.

O capitão, com a taça do penta na mão, bradou: "Eu te amo, Marisa (ou Regina)!"

Eu te amo, meu filho!

Eu te amo, minha mulher!

Eu te amo, Ariosto!

Eu te amo, Eulália!

Eu te amo, senhor erudito de inteligência gigantona!

A alegria abortou o conto,

MAS O MEU BRASIL É PENTA, PORRA!!!

A Quadra Mágica

Ele não estava bem.

Saiu do seu apartamento e começou a caminhar. Disfarçava seu desespero, caminhando com seus óculos escuros, seu andar displicente e seu assobio. Sentia alguma vergonha por estar assobiando naquelas circunstâncias; primeiro, pelo lugar-comum do estúpido ato; segundo, porque assobiar imprimia ao seu rosto um desenho duplamente enlouquecido. Mas, mesmo assim, escondendo sua tonelada, caminhava, forçado por uma vontade mecânica. "Vou ao jornaleiro comprar uma paçoca." Achou um motivo, um motor.

Ele não estava bem.

No caminho, pensou nas coisas díspares que existem numa banca de jornal e ameaçou sua alma com uma dose tímida de bom humor. Mas a alma venceu.

Ele não estava bem.

Jornais, cartões telefônicos, revistas, livros, DVDs, adesivos do Pernalonga, da bandeira brasileira, do Flamengo, do Palmeiras, pilhas, cigarros vendidos por unidade (coisa que aquele homem sempre achara pobre e mórbida), em maços, miniaturas do Incrível Hulk, de vários outros heróis e vilões, livros clássicos de capa dura, refrigerantes, sorvetes, pôsteres em tamanho natural da bunda mais suculenta do momento, brinquedos... paçoca.

Pegou, pagou, desembrulhou, comeu.

Aquela marca de paçoca existia desde seus tempos de criança, Paçoca Amor, quadrada; na embalagem amarela, um coração vermelho com a palavra *amor* escrita em cor branca. Desde os tempos de criança..., e daí? Criança. Lembrou-se de que, no dia anterior (em algum dia anterior), uma amiguinha do seu filho dissera um palavrão. Nove anos. Mulher. "Sensual desde o encontro do esperma com o óvulo", pensou, com seu exagero. Ele não estava bem. Mas ela estava, e já era exageradamente mulher. "Ele disse assim mesmo pra mim: vai tomar no cu." A pequena mulher estava sentada no banco de trás do carro ao lado do seu filho, um homem criança desde o encontro do esperma com o óvulo até o derradeiro momento da mistura cósmica (exagero...). Estavam indo para a casa do homem que não estava bem, iam passar a tarde brincando. Ele olhou, através do retrovisor, a mulher de linda boca, de pele limpa e morena, falando *cu*, e ficou excitado. Ficou excitado com o som, com a imagem, com o poder. Nove anos. Não queria comer a menina, queria a sua vida. Sem matá-la, sem possuí-la. Queria, apenas, agradecer. Naquele momento, ele estava bem.

E, no outro, continuava no jornaleiro, olhando coisas. As lembranças passavam e ele permanecia com as mãos nos bolsos em atitude aparentemente tranqüila e curiosa. Coisas.

— Valeu, vou continuar andando — disse ao jornaleiro.

Estranhou a frase, seu tom, seu ritmo, e temeu que o jornaleiro descobrisse: Ele. Não. Estava. Bem.

Caminhava com o seu corpo um pouco mais doce e não menos desamparado quando, repentinamente, seus olhos azuis viram a placa da esquina com os seguintes nomes e números: Rua Carlos Góis/Rua Ataulfo de Paiva, 458 — 482, Cep: 22440-030. O Leblon estava fora da placa, o Rio de Janeiro também, assim como o Brasil e o restante do mundo. Da placa, passou os olhos pelas lojas e prédios. Paquetá, uma loja de calçados. Era viciado em olhar tênis, em comprar tênis. Depois a Supermate, um lugar que vendia salgados, sucos, pães de queijo, e que reunia uma grande quantidade de estudantes do colégio Santo Agostinho lá pela hora do almoço. Ao lado, a Panificação Regina (alguma coisa ali na padaria havia lhe chamado especial atenção, mas não conseguira identificar exatamente o que era). Continuou pela Ataulfo, passou pelo edifício residencial nº 458, pela Segall Calçados, pelo edifício residencial nº 470, pela Tribo dos Pés com seus calçados e suas calças que viram bermudas (outro vício do pobre), e prosseguiu. Ao lado da Tribo, o Empório Árabe com seus quitutes deliciosos, em seguida a San Marco nº 470C, iluminada pelos seus lustres e luminárias de todos os tipos e tamanhos, mais dois passos, Andarella, loja de bolsas e calçados femininos, Florence Tower, nº 482, e a Raquete Lanches, boteco onde costumava parar — depois de ter pego o resultado do exame de sangue feito no laboratório Bronstein — para comer um hambúrguer com ovo, maionese e bacon, e comemorar a baixa no nível do colesterol ruim.

Não quis atravessar a rua para passar à quadra seguinte porque alguma coisa o chamava de volta, alguma coisa que estava na Panificação Regina. Voltou, entrou, pediu uma Coca Light Lemon e averiguou se o canudo era daqueles embrulhados. Era. Desembrulhou o canudo, colocou-o na lata e começou a beber o refrigerante. Antes do advento do canudo embrulhado, o homem tinha mania de olhar dentro do pequeno tubo, como se fosse uma luneta, para observar se não estava sujo, usado. Tinha medo de contrair doença. Canudos embrulhados, grande invenção do homem.

Panificação Regina, Coca Light Lemon, canudos embrulhados e frangos enfileirados rodando em espetos de ferro dentro de um forno da altura de um homem.

— Vai querer um?

— Não, obrigado.

— Você morou na Aratãns, em São Paulo, não morou?

— Morei — disse o homem, com certo espanto.

— Pois é, eu sou o Silas. Também morei na Aratãns, e estudei com você no Externato São Paulo até a terceira série. Eu virei balconista de padaria e você ficou famoso.

O diretor da escola, Sr. Itacy e seu *Galaxy* branco eram sempre vistos na Avenida Indianópolis pegando putas, na altura do colégio Alberto Levy. Era baixinho, calvo e gostava de se vestir de branco. O *Galaxy* era quase gente.

Ceres, a sétima na chamada, era a garota mais liberal da escola. Beijava todos na boca, tinha uma cobra-coral de estimação e morava na Guainumbis, nº 677, numa casa térrea. Todos queriam comer a Ceres, mas ninguém do colégio conseguiu. Somente os homens grandes, com carros grandes, com idades *mais grandes* comiam a Ceres.

Edson, o décimo, levava tapas na nuca e não reagia nunca. Morava num sobrado na Guaicanãs, nº 890. Era o obediente doente, o trêmulo, o fraco.

Pedro, o décimo segundo, tinha um pequinês chamado Happy Sputinik Jagunço Bonosório Eusébio Matoso Primeiro. Morava numa casa enorme na Moaci, nº 1.800. Seus pais tinham um forte sotaque. Pareciam espanhóis, argentinos, uruguaios, paraguaios... nunca souberam exatamente o motivo, mas ninguém perguntava onde seus pais haviam nascido. Nunca. Os vizinhos diziam que seus pais escondiam ouro em casa. E outros dinheiros. Nunca. Ninguém perguntava.

Eduardo, o décimo primeiro, tinha uma empregada chamada Laura. Todo mundo comia a Laura. No tanque, enquanto lavava roupa. Eduardo gostava de comer a Laura, e de jogar dominó, mas somente de dia. Ao entardecer, sua casa, na Iraí, nº 1.601, era tomada por fantasmas de todos os tipos. As coisas se mexiam na casa do Eduardo. Os mortos murmuravam coisas em seu ouvido. O medo tinha hora marcada com Eduardo. Seu cachorro latia para o nada.

Tínhamos, todos, 9, 10, talvez 11, naquela época.

E todas as ruas, placas, números e frangos continuavam em seu movimento de destruição e renascimento. Encontravam-se na mesma dança eterna de Shiva (exagero...).

— ... mais uma cerveja?

Pequenas explosões de vida salpicavam o céu do Leblon. Fogos do morro anunciando a chegada do sonho artificial, da alma, dos momentos. Movimento.

— Manda. E a Jônia, rapaz, lembra dela? Eu era apaixonado por aquela garota. Onde é que ela morava mesmo?

Tempo.

....

....

....

— Era no 1.700.

— Não era não. — E ele sorriu. A vida prometia esquecer seus óculos escuros sobre o balcão.

....

....

....

Tempo.

....

....

....

A alegria apareceu com seu traje de praia, e a melancolia, branca e úmida, com suas vestes de noiva. Apareceram os pequeníssimos pontos, átomos talvez. Átomos organizando a próxima surpresa, ou, quem sabe, o alívio. A possibilidade de uma pequena conquista também fazia parte de uma misteriosa combinação numérica. Doze copos de cerveja + 1 balcão + 1 amigo de infância + 4 olhos + 2 memórias + 1 desejo = uma pequena e saudável reorganização da vida. Saúde! Mais um brinde, e..

....

....

....

Tempo.

Relatório Escrito de Dentro de Uma Onda

À minha frente, mais de vinte metros de mar vertical e minha aparente placidez, provocada pelo mais alto grau de terror. O pavor, com sua anestesia brutal, refez meu tempo em coisa. Coisa inerte, incapaz, sem expressão. Um Netuno raivoso vinha ao meu encontro com seu tridente letal, comandando centenas de cavalos, montados por guerreiros ensangüentados.

Cuspida com fúria pela espuma branca da onda, a pintura renascentista fabricada por miragem medonha não trazia poesia, nem música, nem literatura. Trazia o desespero da vida e o desejo. O descrédito e a prece. Trazia Deus e peixes ruidosos com dentes afiados. Trazia Lúcifer e trevas.

De dentro da onda parei de respirar para continuar a viver. Realizei o paradoxo, não como idéia ou teoria, mas como coisa sólida. A palavra, de som esdrúxulo, marcial e germânico, deixou de respirar para continuar a viver; viver na completa ausência de símbolos ou metáforas. Essas duas palavras — ao contrário da parente carnal — permaneceriam num mundo sem átomos, impossível, enquanto um eu minúsculo lutava envolto por tonelada assustadora.

O desfalecimento pedia sua concretude. Desfalecimento, desmaio, perda dos sentidos, horror, desespero pré-agônico.

Palavras de carne e osso mostravam sua face monstruosa em meio à tortura salgada. Peixes abissais visitavam andares mais altos para vislumbrar um banquete de morte. Meu corpo era luta, vontade, caos, medo, trabalho, casa, saúde, filho, mulher, amor... filho, mulher, amor... Deus... Natureza... filho, mulher, amor... minha mãe morrida, minha reza... corrida... a rima... a insistência da escrita... as pequenas palavras como microorganismos para alimentar os peixes, os crustáceos, os moluscos... alguma pérola maga estava à espera da colheita, dentro de alguma criatura marinha... milhares de pequenos pontos brancos faziam bailado lento perante meus olhos de sal e pedidos. Eu pedia a Deus. Eu pedia à vida. Pedia, perdia. E mais uma vez, a musicalidade no meio do silêncio voraz e mortal. Mais uma vez, as palavras, e o medo do escuro eterno. E depois da luta? E depois do verbo? Meu corpo seria devorado por tubarões, meu crânio serviria de moradia para filhotes de ferozes moréias. O início branco do meu osso daria lugar — com o passar do tempo — à palavra cores. Metamorfoses marítimas iriam ignorar meu medo de morte e refariam sua vida, em negrito.

Mas eu ainda estava vivo apesar da dúvida iminente. Sentia que meus olhos explodiriam a qualquer momento. Eu precisava desesperadamente de oxigênio. Meu pensar era líquido, mas minha vontade de viver possuía as 14 letras reais, vivas e poderosas da frase escrita. Filho, mulher, amor e suas 15 letras... reticências como incompletude, mistério, tontura... vida truncada, talvez um futuro... quanto medo eu sentia. Não ouviria mais meu filho dizer: "Papai, vamos brincar?" Não veria mais o corpo seminu da minha mulher, menina deitada no colchão ondulado; "temos que comprar outro", e reclama, e me beija, e me toca. À beira da morte, no fundo do mar, quase entendi a Macabéa e seu gosto por parafusos, quase... é que pertenço à palavra *homem*.

Um último *não*, fraco e inaudível, vomitou a derradeira e poderosa prece. Pedi a Deus pela minha vida e fui atendido porque Deus viu que isso era bom. Fabriquei meu próprio presente, fazendo metamorfose mágica com a palavra *guelra*. As letras apareceram no meu pescoço e o oxigênio entrou nos meus pulmões como se fosse a primeira vez. O berro do meu choro foi tão alto, tão demorado e tão feliz, que fez meu corpo tombar exausto no colo de uma sereia.

O susto, repetindo a idéia, esculpiu sua grafia na forma de um Arlequim colorido, que gargalhou com dose calculada de maldade. Desde então, o aplauso delirante passou a ser a minha resposta à escrita fantástica da vida.

Impresso no Brasil pelo
Sistema Cameron da Divisão Gráfica da
DISTRIBUIDORA RECORD DE SERVIÇOS DE IMPRENSA S.A.
Rua Argentina 171 – Rio de Janeiro, RJ – 20921-380 – Tel.: 2585-2000